AF130665

FRIEDERIKE SCHMÖE

Schatten über dem Großen Arber

TOD AM ARBER Die Sportjournalistin Kaja überwirft sich mit ihrer Redakteurin. Sie hat noch eine letzte Chance, die Scharte auszuwetzen: Beim Ultraberglauf am Großen Arber soll sie die bekannte Trailrunnerin Almut porträtieren. Die prominente Sportlerin will sich allerdings nur interviewen lassen, wenn Kaja selbst an dem Lauf teilnimmt. Die Journalistin willigt ein, obwohl sie noch an einer alten Verletzung laboriert. Als sie am Arber eintrifft, stellt sie fest, dass offenbar mehrere Reporter eine ähnliche Verabredung mit Almut getroffen haben. Kaja ahnt schon beim Probelauf, dass sie den sportlichen Herausforderungen dieses Mega-Ereignisses kaum gewachsen ist. Doch um ihren Job zu retten, wirft sie alles in die Waagschale. Als es einen Temperatursturz gibt und sie sich verläuft, macht sie eine schreckliche Entdeckung, denn Kaja ist nicht die einzige, die durch den Nebel irrt …

© privat

Geboren und aufgewachsen in Coburg, wurde Friederike Schmöe früh zur Büchernärrin – eine Leidenschaft, der die Universitätsdozentin heute beruflich nachgeht. In ihrer Schreibwerkstatt in der Weltkulturerbestadt Bamberg verfasst sie seit 2000 Kriminalromane und Kurzgeschichten, gibt Kreativitätskurse für Kinder und Erwachsene und veranstaltet Literaturevents, auf denen sie in Begleitung von Musikern aus ihren Werken liest. Ihr literarisches Universum umfasst unter anderem die Krimireihen um die Bamberger Privatdetektivin Katinka Palfy und die Münchner Ghostwriterin Kea Laverde.

FRIEDERIKE SCHMÖE

Schatten über dem Großen Arber

KRIMINALROMAN

GMEINER

Personen und Handlung sind frei erfunden.
Ähnlichkeiten mit lebenden oder toten Personen
sind rein zufällig und nicht beabsichtigt.

Bei Fragen zur Produktsicherheit gemäß der Verordnung über die allgemeine Produktsicherheit (GPSR) wenden Sie sich bitte an den Verlag.

Die automatisierte Analyse des Werkes, um daraus Informationen insbesondere über Muster, Trends und Korrelationen gemäß § 44b UrhG (»Text und Data Mining«) zu gewinnen, ist untersagt.

Immer informiert

Spannung pur – mit unserem Newsletter informieren wir Sie regelmäßig über Wissenswertes aus unserer Bücherwelt.

Gefällt mir!

Facebook: @Gmeiner.Verlag
Instagram: @gmeinerverlag

Besuchen Sie uns im Internet:
www.gmeiner-verlag.de

© 2025 – Gmeiner-Verlag GmbH
Im Ehnried 5, 88605 Meßkirch
Telefon 0 75 75 / 20 95 - 0
info@gmeiner-verlag.de
Alle Rechte vorbehalten
1. Auflage 2025

Lektorat: Claudia Senghaas, Kirchardt
Satz: Mirjam Hecht
Umschlaggestaltung: U.O.R.G. Lutz Eberle, Stuttgart
unter Verwendung eines Fotos von: © / iStock.com
Druck: CPI books GmbH, Leck
Printed in Germany
ISBN 978-3-8392-0817-5

VORBEMERKUNG

Der hier beschriebene Ultratrail am Großen Arber ist eine Erfindung, ebenso sind sämtliche Figuren und Handlungen sowie Sender und Magazine Resultate intensiver Fantasiearbeit.

PROLOG

Dunst sickert durch Wald, umschmeichelt Bäume, Felsen. Kriecht ein Stück den Boden entlang. Im Wind reiben Äste aneinander. Eine Krähe gleitet heran, landet. Beäugt die Leiche mit ihren kalten Augen. Eine zweite schießt herbei, kreischt laut und anhaltend. Ein Fichtenzapfen knallt zu Boden. Vom Ameisenhaufen hinter dem nächsten Felsen machen sich Kohorten schwarzer Insekten auf den Weg. Wieder zerschneidet der Schrei der Krähe die Geräusche des Waldes. Der nächste Windstoß schleudert Nässe herab. Kurz hüllt Nebel die Szenerie ein, bevor sich die Sicht wieder lichtet.

Jemand kommt zwischen den Bäumen hervor. Die Krähen heben synchron die Köpfe, aufmerksam. Sie beobachten, wie die Person sich der Leiche nähert, zu Boden sinkt, dann aufspringt und davonrennt, zwischen die Bäume, ehe sie außer Sicht gerät. Die Vögel hüpfen näher an die potenzielle Futterquelle. Sie sind nicht furchtsam, nur vorsichtig. Der Wald ist heute erfüllt von Menschen. Hunderte jagen den Hang hinauf, winden sich den schmalen Pfad zwischen den Felsen entlang.

Die Leiche liegt auf einem weichen Bett aus Fichtennadeln. Ein unbedarfter Beobachter könnte meinen, dass dort ein Mensch einen Ruheplatz für einen kurzen Schlaf gesucht hat. Nur die Nässe spricht dagegen, die Kälte. Der Nebel, der sich nun ausdehnt, weiße Schlieren zwischen den Baumstämmen. Und die Kopfwunde. Blut ist zwischen Haaren hervorgesickert. Schon haben kleine Lebewesen die Nahrungsquelle entdeckt.

Die Ameisen rücken heran. Nun wollen auch die Krähen ihren Anteil haben. Lautes Krächzen über den Wipfeln kündigt weitere Profiteure an.

Sanft legt sich der Nebel über die Szenerie. Als würde sich ein Vorhang schließen.

DIE WOCHEN VOR DEM LAUF

1.

Ein Abend. Mein Abend. Eine Frau nicht ohne Schwierigkeiten, aber mit Potenzial. Schön anziehen, schminken, ausgehen, feiern. Trotz allem. Auf dem Parkplatz haben die Dickschiffe alles belegt, sie fährt wieder weg, kurvt im Viertel umher, bis sie eine Parklücke an der Straße entdeckt. Geht zurück zum Hotel.

»Guten Abend, Ihr Name bitte ...«

Mit einem gewissen Stolz zeigt sie den QR-Code auf ihrem Handy dem Mann im Anzug, dem Herrn über die Gästeliste, vergewissert sich mit einem Blick in den Spiegel am anderen Ende der Eingangshalle, dass alles sitzt: Kleid, Make-up, Schmuck. Nur ein Armreif und die Perlenohrringe. Understatement. Nichts übertreiben.

Grün steht ihr, stellt sie fest. Sie wird durchgewunken.

Langsam spaziert sie durch das Foyer. Genießt jeden Moment. Jeden Schritt. Selten genug, dass sie nicht in Sportklamotten unterwegs ist. Sie ist 34, fühlt sich frei, hat ein paar Träume, davon einen großen. Nach Frankreich, das wäre toll. Für ein Jahr oder so. Nicht als Sabbatical. Um zu arbeiten! Sie hat womöglich Chancen, eine Schwangerschaftsvertretung zu übernehmen. Heute Abend will sie nachfassen. Sie ist fest entschlossen, zwei, drei Gespräche zu führen, Kontakte zu suchen, sich ins Spiel zu bringen. Sie ist Journalistin geworden, weil es ihr nie schwerfiel, mit Menschen in Kontakt zu treten. Sie findet immer einen Anknüpfungspunkt, irgendetwas, das sie mit einer Person verbindet. Neugier, Offenheit, Fröhlichkeit auf Knopfdruck. Professionalität.

Im Saal schäkert, smalltalkt, flirtet die Prominenz. Was Rang und Namen hat in München, ist eingeladen. Sie auch, also ran an den Speck. Entschlossen greift sie nach einem Glas Prosecco vom Tablett eines Kellners. Auf der Bühne jammt eine kleine Jazzcombo. Der Saxofonspieler biegt seinen Oberkörper weit nach hinten und reckt sein Instrument in die Luft. Eine bluesige Version von »Les feuilles mortes«. Frankreich.

»Frau …«, spricht ein Mann im Anzug sie an, noch bevor sie Witterung aufnehmen kann.

»Herr Adler, wie schön, Sie heute hier zu treffen!« Sie lächelt so strahlend, wie sie es früher anscheinend immer tat. Deswegen sind die Männer auf sie geflogen. Manches ist verweht, aber das Lächeln anknipsen, das geht noch immer. »Wie geht es Ihnen? Und Ihrer Frau?«

»Danke der Nachfrage, alles wunderbar. Bei Ihnen auch alles in Ordnung? Ich habe Sie lange nicht gesehen.«

»Ich bin bei *Sport&Berg*.«

»Ach, immer noch.«

Jens Adler ist ein hohes Tier in dem Zeitschriftenverlag, zu dem *Sport&Berg* gehört. Seine Bemerkung lässt sie kurz ihre gute Laune vergessen. Immerhin hat er gewusst, dass sie schon eine Weile dort arbeitet.

»Kann sein, dass ich mich nach Größerem strecke«, gesteht sie augenzwinkernd.

»Sie haben das Zeug dazu. Sie können doch nicht immer nur Rucksäcke und Zelte testen, wie?« Er grinst.

Sie nippt am Prosecco und tut so, als müsste sie ein Lachen unterdrücken. Dabei zieht ihr diese Bemerkung beinahe den Boden unter den Füßen weg. Wie es anderen gelingt, den Finger genau in die Wunde zu legen …

»Nicht doch, Herr Adler. Von wegen Zelte und Rucksäcke! Im vorigen Herbst habe ich ein paar Klettersteige in den Bayerischen Alpen ausprobiert. Die Reportage erscheint im nächsten Heft.«

»Sie sind wirklich eine Sportskanone. Melden Sie sich doch einmal, wenn Sie im Stammhaus sind!« Adler winkt, dreht sich um und spricht die nächste Frau an, die der Abend allein hereingeweht hat.

Sie hat den Rundumblick aktiviert. Ihr Glas ist bereits halb leer. Sie bremst sich, nur nicht zu viel Alkohol, sie muss fit bleiben. Bei einer Kellnerin stellt sie ihr Glas ab und bittet um einen alkoholfreien Drink. Sie ist Sportlerin. Fitness, Gesundheit, Laufen, Yoga, Trainieren. Themen, die sie gewohnheitsmäßig beackert. Wenn Jutta ihr das Okay gibt, darf sie im September ins Engadin und die Wanderreportage machen.

Sofern sie nicht nach Frankreich geht.

Der Punkt ist, dass sie bald für nichts anderes mehr taugt als für Sport. Man legt sich zu früh im Leben fest, denkt sie bedauernd, während sie in Richtung Bühne schlendert, hier und da ein Lächeln absendet. Sie ist gern offensiv. Meistens fragen sich andere dann, ob sie sie kennen müssten, und es fällt ihr leicht, ein Gespräch zu beginnen. Die Musik wird lauter. Am hinteren Ende des Saales wird ein Büffet aufgebaut. Ihr knurrt der Magen, sie ist heute schon eine große Runde gelaufen. Wird Zeit, dass sie ihrem stets hungrigen Körper ein wenig Energie anbietet. Sie muss grinsen. Der Sport kann zur Sucht werden. Sie hat lernen müssen, besser mit ihren Kräften zu haushalten. Seit dem Unfall …

Noch ist sie nicht bei ihrer alten Leistungsfähigkeit. Obwohl sie proaktiv trainiert, sogar für einen Monat einen Coach verpflichtet hatte. Der Fuß will noch nicht, die Schmerzen kommen noch zu häufig, vor allem anderen muss sie sich vor Überlastung hüten. Eine Sache des Alters … Vor zehn Jahren hätte sie sich schneller erholt.

Eine junge Frau spricht sie an.

»Hey, wie läuft es bei *Sport&Berg*?«

Sie hat den Namen des jungen Hüpfers nicht mehr parat.

»Ich war vor drei Jahren Praktikantin bei euch. Jetzt arbeite ich bei …«

Ihre Aufmerksamkeit driftet weg von dem steten Redefluss dieser blonden temperamentvollen Frau mit den Sommersprossen. Dieser Job ist einer, der einen nie lang an einem Ort lässt. Nur sie selbst hockt bei *Sport&Berg*. Seit … einer gefühlten Ewigkeit.

»Das freut mich für dich. Amüsiere dich gut!« Sie kann sich an den Namen immer noch nicht erinnern.

Der Abend plätschert so dahin. Sie macht Konversation, prüft die Menge nach bekannten Gesichtern, tanzt mit ein paar Kollegen, alten und aktuellen, achtet darauf, stets weiterzuziehen, keine Chance auszulassen, bei den wichtigen Leuten anzudocken. Small Talk ermüdet. Sie will darauf achten, noch ein paar Stunden munter auszusehen.

Sie geht zur Toilette, frischt das Make-up auf. Stützt sich auf den Waschtisch, geht mit der Nase nah an den Spiegel. Fältchen um die Lippen und die Augen. Sie wird älter, gar keine Frage. Womöglich denkt sie zu viel darüber nach, das nimmt ihr den Spirit. Sie braucht einen Fuß in der Tür. Frankreich. Immer wieder Frankreich. Noch einmal einen richtigen Schritt nach oben auf der Karriereleiter machen. Die Tür zum Waschraum geht auf, zwei Frauen stolpern lachend herein.

Sie verlässt den Waschraum beinahe fluchtartig, geht zum Büffet, nimmt sich ein paar Teilchen und wandert weiter. Schlingt das Fingerfood herunter. Ihr Hals ist ganz trocken. Sie sieht eine Traube Leute bei der Theke stehen. Ein Bier wäre jetzt nicht schlecht. Oder ein Glas Chardonnay. Eiskalt. Etwas Erfrischendes, achtsam genossen. Ein bisschen Alkohol. Um die schädliche Negativität auszublenden, die sich über sie hermacht. Sorgen teilen sich mit und stoßen andere ab. Das hat sie oft in ihrem Job feststellen müssen. Geh ausgeschlafen und heiter zu einem Interview. Wenn du bekümmert bist, mach erst mal Sport, um deine Ausstrahlung auf andere zu klären. Hat sie genau das nicht damals dieser Praktikantin eingetrichtert, der Blonden, der mit den Sommersprossen?

Sie sieht sich suchend um.

»Auch allein hier?« Ein Typ dreht sich zu ihr um, ein Bierglas in der Hand. Groß, braun gebrannt. Sein Gesicht kommt ihr bekannt vor. Klar. TV. Diese Sportsendung auf …

»Ich habe meine Praktikantin aus den Augen verloren.« Sie strahlt ihn an.

»Was möchten Sie trinken?« Er winkt bereits dem Barmann.

»Einen Chardonnay. Eiskalt.«

Er wiederholt genau dies vor dem Barmann.

Fernsehen. Daran hat sie nie gedacht. Den Ehrgeiz hätte sie wohl, aber nicht die Traute. Sie mag keine Kameras. Nun ist sie doch nicht mehr sicher, ob sie sein Gesicht kennt.

»Helfen Sie mir auf die Sprünge. Woher kenne ich Sie?«

Er winkt grinsend ab. »Erzählen Sie lieber etwas über sich.« Schmeichlerisch beugt er sich vor. »Sie haben grüne Augen.«

Der Barmann schiebt das Glas über den Tresen. Sie greift danach.

»Noch nie grüne Augen gesehen?«

Er lacht. »Nicht allzu oft.«

»Sie moderieren diese Sportsendung bei …«

Er zuckt die Achseln. »Und Sie?«

»Magazin. *Sport&Berg*.«

»Da bewundere ich Sie.«

»Warum das?«

»Das geschriebene Wort flößt mir Respekt ein. Babbeln kann jeder.«

»Ich bin auf der Suche nach einer Veränderung.«

»Was schwebt Ihnen vor?«

Sie trinkt zu schnell vom Wein. Der Alkohol steigt ihr sofort zu Kopf. Sie hätte mehr essen sollen, für eine bessere Grundlage sorgen. Neben ihr drängen sich zwei Männer an die Theke. Es wird eng und laut.

»Frankreich«, sagt sie.

»Sportlich gesehen ein weites Feld.«

»Grenoble.«

Er unterbricht sofort.

»Alpen. Klar. Outdoor-Sport, wie? Berge, Klettern, Slalom?« Er lacht. »Noch ein Glas Wein?«

Sie starrt in ihr Glas, das sie geleert hat, hinter ihrer Stirn beginnt es zu pochen.

Er redet schon weiter:

»Ich war mal ein Jahr in Lausanne, habe dort noch ein paar Kontakte. Sprechen Sie Französisch?«

»Natürlich.«

Er hat ein neues Glas für sie bestellt. Sie greift danach, zwingt sich jedoch, noch nicht zu trinken.

»Was haben Sie in Lausanne gemacht?« Sie will nicht sofort nach den Kontaktdaten fragen. Nur nicht zu hungrig erscheinen, das macht einen scheußlichen Eindruck, wie ein Straßenköter, der sich auf ein Stück Schinken stürzt.

»IOC«, erwidert er lässig.

Sie werden ein Stück von der Theke abgedrängt, als zwei Paare eine Bestellung aufgeben. Eine der Frauen kommt ihr bekannt vor. Sie trägt das Haar locker hochgesteckt. Hat den klassischen Läuferkörper, dünn, ohne ein Gramm Fett am Leib. Die passende Figur für das dunkelrote Schlauchkleid.

»Sie wissen ja, Olympia ist ein gigantisches Geschäft. Zugleich muss man so tun, als ginge es ausschließlich um den Sport. Um Leistung, Fairness und Wettbewerb. Eine gewaltige Augenwischerei. Es gibt also viel zu tun für einen Journalisten in Lausanne.« Er betrachtet sein Bierglas.

Sie nippt nun doch am Wein. Es wird immer heißer, die Musik lauter. Der Schmerz hinter ihrer Stirn lässt sich kaum mehr ignorieren. Dabei hat sie das Gefühl, dass jemand sie anstarrt. Ihr Gegenüber kann es nicht sein, der scheint gerade eher nach innen zu blicken.

Come on, motiviert sie sich. Vielleicht wird es nicht Frankreich, sondern die Schweiz. Kontakte sind Kontakte. Meter für Meter werden sie von der Theke weggedrängt.

Sie findet sich auf den Polstern einer Sitzgruppe wieder. Fragt ihn über das IOC aus, ohne sich irgendetwas von dem zu merken, was er vom Stapel lässt. Ihr Kopf brummt, sie versteht ihn kaum. Unerwartet wendet sich ihr Gespräch Privatem zu. Er kann witzig sein und zugleich klug.

Von irgendwo kommt ein neues Glas Wein. Sie stoßen an. Sein Gesicht verschwimmt vor ihren Augen.

Die Wellen der Musik schlagen über ihr zusammen.

2.

... müssen wir Ihnen leider mitteilen, dass das
vorgesehene Interview nicht stattfinden kann.
Hochachtungsvoll ...

Kaja starrt auf den Bildschirm. Der Text beginnt zu flim-
mern. Es kann nicht sein, was sie da liest. Das Interview
hat sie fertig vorbereitet, in drei Tagen ist der Termin.

... nicht stattfinden kann ...

Sie scrollt und scrollt, versucht, sich zu beruhigen,
merkt, dass sie die Luft anhält. Atmet langsam aus.
Das ist nicht wahr. Es gibt nicht einmal eine Entschul-
digung. Keine noch so fadenscheinige Floskel. Matthias Burck, der Skiläufer mit dem Engagement für die
Umwelt und den vielen Medaillen, lässt die Journalistin des renommierten Magazins im Regen stehen. Da
steht nur etwas von Terminproblemen wegen Wettkampfvorbereitung.

Wettkampfvorbereitung? Es ist Juni. Aber gut, Leis-
tungssportler bereiten sich immer auf irgendeinen
Wettkampf vor.

Kaja stößt sich vom Schreibtisch ab, rollt mit dem
rückenfreundlichen Bürostuhl über das Pseudoparkett.
Jemand in der Liga, in der Burck mittlerweile mit-

spielt, hat Coaches, Berater, Agenten. Einen Verband im Rücken. Der entscheidet nichts mehr allein.

»Shit!«, brüllt sie in das leere Büro. Sie fühlt sich ausgepowert, als hätte jemand alle Energie aus ihr herausgesaugt, binnen Sekunden. Langsam sacken die Konsequenzen in ihr Bewusstsein. Es ist nicht nur eine Absage. Es ist ihr Ende. Kajas Job bei *Sport&Berg* steht auf wackeligen Beinen. Das Interview mit dem berühmten, angesagten Matthias Burck hätte ihr wieder einen gewissen Stand verschafft.

Sie schwächelt nicht nur beruflich. Auch psychisch. Die Verletzung am Fußgelenk macht immer noch Schwierigkeiten. Wenn sie ihr Trainingspensum steigert, melden sich die Schmerzen. Der Physiotherapeut hat sie gewarnt: Nicht übertreiben, man kann eine Steigerung der Belastung nicht erzwingen.

Sie will sich nicht zufriedengeben mit dem, was ist. Sie will mehr. Einfach immer mehr. Die Sache auf dem Presseball – sie ist immer noch nicht darüber hinweg. Irgendwas war da, sie kommt nicht drauf. Hat einen Filmriss. Ganz klassisch. Da ist nichts, an das sie sich erinnert, außer dass sie mit jemandem über Lausanne gesprochen hat. Woraus nichts wurde, weil sie nicht mehr weiß, mit wem sie dieses Gespräch geführt hat und was schließlich vereinbart wurde. Eine Kollegin hat Kaja nach Hause gebracht. Hat die Situation richtig eingeschätzt, Kaja zu ihrem Auto geschafft, irgendwann nach Mitternacht. Auch diese Heimfahrt ist Kaja aus dem Gedächtnis gerutscht wie ein glitschiges Etwas, das sie eben noch in der Hand hielt, um es im nächsten Moment davongleiten zu sehen. Die

Erinnerung ist versackt in einem Chaos aus Dunkelheit und Brechreiz.

Die Kollegin hat Jutta informiert, und Jutta hat Kaja zur Rede gestellt: Wenn du dich auf dem Presseball besäufst, bist du ein Problem für die Redaktion, für das Magazin und für den ganzen Verlag. Jutta, ihre unmittelbare Vorgesetzte, die Matriarchin von *Sport&Berg*. Am Ende hat Kaja sich entschuldigt. Es fühlte sich falsch an. Sie kann sich nicht erinnern, sich betrunken zu haben. Sie ist Sportlerin, achtet auf sich, noch nie hat sie sich besinnungslos gesoffen.

... müssen wir Ihnen leider mitteilen, dass das vorgesehene Interview nicht stattfinden kann.

Den berühmten Matthias Burck an Land gezogen zu haben, hat ihr Anerkennung bei Jutta eingebracht. Mit diesem Trumpf in der Hand ist Kaja wieder aus dem Sumpf gekrochen, in den der Presseball sie getunkt hat. Sie greift nach der Trinkflasche und nimmt einen großen Schluck Wasser, das sie mit einem dieser trendigen Würfel aus Frucht- und Pflanzenextrakten verfeinert hat. Angeblich ganz aus natürlichen Rohstoffen. Der Melonengeschmack ist ihr ein wenig zu durchdringend, aber wenigstens mal was anderes als nur Wasser. Die Sonne knallt zum Fenster herein. Noch ein Schluck aus der Flasche. Sie hat heute Morgen noch Eiswürfel hineingeworfen, die halten das Wasser wenigstens eine Weile kalt.

Ihr Blick gleitet aus dem Fenster, sie kann bis zu den Türmen der Frauenkirche sehen. Manche beneiden sie um ihren Arbeitsplatz. Sie kann hier konzentriert schreiben, organisieren, telefonieren. Es ist toll in so einem Verlagshaus, hier arbeiten die, die es geschafft haben, einen attraktiven Job unter all dem Langweilerkram ergattert zu haben. Dafür bringen sie bereitwillig Opfer, vor allem die Frauen. Von Arbeitsterminen zerrissene Wochenenden, Ärger mit den Partnern, Anmache von den Männern aus den oberen Etagen, überbordende Kritik durch die weiblichen Chefs.

Im Prinzip mag Kaja ihren Job. Auch wenn der Lack ab ist. Und dennoch sehnt sie sich weg aus München. Sie hat die Fühler nach einer Schwangerschaftsvertretung in Grenoble ausgestreckt. Zwei Jahre könnte sie als Journalistin der *Sport&Berg* für die Westalpen und die Pyrenäen zuständig sein. Viel reisen, Expeditionen, Staub an den Schuhen. Oder auch Schnee. Wenn Jutta »ja« sagt und noch ein paar andere in diesem Überdruckkessel von einer Redaktion, in der Kaja als Rädchen im Getriebe funktioniert, eine Akkordarbeiterin, die das Gesicht kaum noch über Wasser halten kann. Frauenkirche hin oder her. Was hält sie noch in München, wo Jan nicht mehr da ist? Noch vor einem Jahr hätte sie nicht im Traum daran gedacht, ohne Jan zu leben. Noch dazu mit einem Fuß, der nicht so will wie sie. Es war nicht der Unfall, denkt sie, daran lag es nicht, dass Jan und ich …

Sie lässt die Jalousien herunter. Ihr angespanntes Gesicht spiegelt sich in der Scheibe. Sie greift nach ihrem Haar, dreht einen lockeren Knoten, den sie mit einem Bleistift feststeckt.

Es hilft nichts. Sie muss mit Jutta sprechen. Das Interview ist geplatzt. Was ihrer Bewerbung für die Schwangerschaftsvertretung nicht förderlich ist. Sie braucht eine neue Idee, ein Thema. Die Nummer für September/ Oktober ist durchgeplant, für Matthias Burck waren zwei Seiten reserviert. Womit soll sie die füllen?

Entschlossen setzt Kaja sich an den PC. Sie wird schon ein Topic finden. Etwas, das sich lohnt. Etwas, das sogar Jutta überzeugt.

3.

Sie loggt sich aus. Der Blick auf ihr Girokonto ist zu frustrierend, als dass sie sich dem noch länger aussetzen kann. Verdammt! Die Idee schien ihr so gewaltig, so zwingend … Irgendwie hat sie das Risiko unterschätzt. Was ihr selten passiert. Im Outdoorsport muss man das Risiko jede Minute auf dem Schirm haben. Mit Skiern im Tiefschnee fahren, einen Bergtrail laufen, tauchen. Bei diesen Aktivitäten ist sie konzentriert und sich der Gefahren bewusst. Jedes Detail ist vorbereitet. Manchmal läuft etwas trotz 100-prozentiger Planung aus dem Ruder. Die Erfahrung hat sie Strategien entwickeln lassen, um mit Unwägbarkeiten zurechtzukommen.

Dabei hat sie sich eingebildet, sie hätte auch im Beruflichen ihre Skills aus dem Sport spielen lassen. Hat sie nicht Listen angelegt, Pro- und Contra-Argumente gesammelt, alles tausendmal durchdacht, einen Plan B erstellt? Wütend greift sie in die Tüte mit den Cranberrys. Sie braucht dringend Energie, sie braucht eine Idee, wie sie die nächste Monatsmiete bezahlen soll. Der ganze technische Schnickschnack, den sie bestellt hat! Ratenzahlung im Internet, so was sollte verboten werden. Sie steht mit dem Rücken zur Wand, und die Klicks auf ihrer Seite gehen auch nicht durch die Decke, so wie es zuerst den Anschein hatte. Als sie loslegte, stiegen die Followerzahlen rasant, doch sie kommt nicht über die magische Marke von 10.000. Im Gegenteil, die Zugriffe auf ihre Clips werden weniger. Da haben wohl manche ihren Kanal abonniert, schauen jetzt aber kaum noch auf ihre Seite. Sie kann nur hoffen, dass das bald anders wird.

Sie wirft die Tüte auf den Tisch. Tritt ans Fenster. Unten auf der dunklen Straße ist alles still, nur ein Mann führt seinen Dackel spazieren.

Sie braucht dringend Geld. Eine Finanzspritze, mit der sie ihre Pläne vorantreiben kann. Da ist ja der Ultratrail am Arber, der wird der Knaller. Wenn sie es schafft, diese Herausforderung geschickt mit den ganz harten Emotionen zu verbinden, werden die Klicks nur so hereinkrachen. Bis dahin hat sie noch eine Weile. Sie trainiert hart. Wobei das Training für sie nicht der Punkt ist. Ihr Körper tut, was sie will. Ihr Problem ist, dass sie ihren Job hingeschmissen hat für etwas vermeintlich Größeres, und jetzt steckt sie in der Scheiße.

Sie checkt ihr Handy. Legt es nachdenklich auf den Tisch. Steht auf, zieht die Laufschuhe an. Sie trainiert manchmal nachts. Vor allem jetzt im Sommer, wo es so heiß ist, dass man sich tagsüber kaum bewegen möchte. Und auf ihrer Trainingsrunde ... Sie verzieht das Gesicht. Ist keineswegs siegesgewiss, doch was bleibt ihr für eine Möglichkeit?

Mit geübten Handbewegungen flicht sie ihr Haar zu einem langen Zopf, den sie sich über den Rücken wirft. Schon hat sie den Schlüssel in die Tasche ihrer Shorts gesteckt. Flitzt die Treppen hinunter. Draußen kommt es ihr kühl vor, kein Wunder, nach mehr als 30 Grad während des Tages sind fünf Grad weniger eine Erleichterung. Sie joggt gemächlich die Straße entlang. Der Mann mit dem Dackel kommt zurück. Sie nicken einander zu.

Ihr Ziel liegt ein gutes Stück entfernt. Umso besser, so kann sie sich wappnen. Innerlich einstellen auf das, was sie gleich tun wird. Wieder tun wird. Nur zu schade, dass diese extra Kilometer in der Nacht nicht auf ihrem Schrittzähler erfasst werden. Sie hat das Handy zu Hause gelassen.

Die Luft umschmeichelt ihr Gesicht und ihre nackten Arme. Wie Samt, denkt sie. Sommer ist wunderbar. Man sollte ab Juni sein Leben in die Nacht verlegen. Sie nimmt das Tempo ein wenig zurück. An einer Bushaltestelle hockt ein Typ und raucht. Sie spürt seine Blicke im Rücken, beschleunigt unwillkürlich. Eine Straßenlampe flackert. Irgendwo schreit eine Katze. Das Viertel schläft, in ein paar Stunden werden alle wieder auf dem Damm sein, sich unter der glühenden Sonne durch den Verkehr kämpfen, zur Arbeit, zur Schule, hierhin, dahin. In der Nacht herrscht Friede.

Sie biegt um eine Ecke, quert die Straße. Ein Bus, eine Nachtlinie, donnert vorbei. Noch ein paar Minuten bis zum Ziel. Sie wird langsamer, geht dann nur noch, um zu Atem zu kommen. Schlenkert mit den Armen. Das Haus liegt an der Ecke, eine Ampel direkt neben der Tür blinkt gelb. Laut muss es hier sein, wenn der Verkehr rauscht. Viele Anwohner haben die Fenster geöffnet, in der Hoffnung auf kühle Luft. Sie bleibt stehen, streicht sich das Haar aus dem Gesicht. Fixiert die Namensschilder. Sie weiß genau, welche Klingel seine ist. Konzentriert sich einfach, wie sie sich kurz vor einem Wettkampf konzentriert. Während der Startaufstellung. Sie kostet das Gefühl aus, dass es gleich losgeht. Dass es jetzt drauf ankommt. Dann drückt ihr Zeigefinger auf den Klingelknopf. Lange. Schließlich ist es Nacht. Sie lässt kurz los, drückt noch mal.

Der Summer geht. Sie schiebt die Tür auf und geht in lockerem Tempo die Stufen hoch.

»Du.« Er klingt, als sei er nicht sonderlich überrascht.

»Ja. Ich.«

Er tritt beiseite. Sie schlüpft an ihm vorbei in die Wohnung.

»Du weißt, dass du gefährlich lebst?« Resigniert folgt er ihr.

»Nein. Du lebst gefährlich. Ich habe Vorkehrungen getroffen. Wenn mir was passiert ...«

»Schon klar, du hast einen doppelten Boden. Wieso glaube ich dir das nur nicht?«

Ihr wird plötzlich kalt. Eben noch war sie erhitzt vom Laufen, nun kriecht Gänsehaut über ihre Arme.

»Es lohnt sich nicht, mit dem Feuer zu spielen.«

4.

Kaja sitzt vor Juttas Schreibtisch auf dem unbequemen Besucherstuhl. Sie spürt, wie sich am Haaransatz Schweißperlen bilden. Auf ihrem Schoß liegt ihr Tablet. Sie widersteht dem Impuls, sich durchs Haar zu streichen. Die Jalousien halten das gleißende Licht ab, doch im Büro ist es heiß und stickig. Kaja schließt ganz kurz die Augen, stellt sich einen schneebedeckten Gipfel vor. Ihr Beruhigungsbild, wenn es eng wird. Nur leider funktioniert diese Entspannungstechnik gerade nicht.

Jutta bewegt den Finger über das Touchpad, blickt aufmerksam auf den Bildschirm. Sie wirkt ganz ruhig, gefasst, beinahe abwesend – bei ihr eine gefährliche Haltung. Sie hält die *Sport&Berg* zusammen. Ihr Wort gilt im Haus. Sie verlangt von ihren Mitarbeitern die gleiche Effektivität, das gleiche Tempo, die gleiche Leidenschaft, mit der sie selbst an ihren Job herangeht. Neben ihrem Laptop steht ein Thermobecher. Jutta greift danach, trinkt, verzieht das Gesicht. Streicht ein paar Strähnen zurück, die sich aus ihrem Haarknoten gelöst haben.

»Das ist nun wirklich misslich, Kaja.«

Die Temperatur im Raum scheint noch um ein paar Grad zu steigen. Kaja hat nichts zu ihrer Verteidigung vorzubringen. Außer, dass sie sich keiner Schuld bewusst ist. Was auch immer Burck oder seine Berater dazu gebracht hat, das Interview abzusagen, es kann definitiv nicht mit irgendeinem Fehler ihrerseits zu tun haben. Sie hat sich an alle Absprachen gehalten.

»Der Termin war fest«, murmelt sie, als sie die Stille nicht mehr aushält.

»Wie viele Ausgaben bringen wir pro Jahr heraus?« Jutta verschränkt die Arme. »Sechs. Genau sechs. Und wieso vermasselst du bei mindestens drei Ausgaben pro Jahr ein wichtiges Date? Eine entscheidende Story?«

Kaja zieht den Kopf ein.

»Wir bekommen immer mehr Konkurrenz, vor allem von den Influencertypen auf *Instagram* und so weiter. Das ist ein echtes Problem, für jeden Einzelnen von uns. Für unsere Hefte muss man bezahlen, während die bunten Accounts in Social Media gratis sind. Und komm mir nicht damit, dass im Netz eben mit Daten bezahlt wird. Das ist den Konsumenten solcher Plattformen in der Regel völlig gleichgültig.«

Kaja leckt sich über die Lippen.

»Ich frage mich, ob du für den Job geeignet bist«, fährt Jutta fort. »Man kann mal eine Sache in den Sand setzen. Davon brennt noch nichts an. Passiert jedem ab und zu. Bei dir häuft sich das allerdings.«

In Kajas Kopf bilden sich Sätze. Hundertfach gehört. Sie schießen umher wie Billardkugeln. *Weißt du, wie viele kluge junge Menschen da draußen auf deinen Job heiß sind? Talent ist nicht alles. Redaktionsmitglied zu sein, ist kein unabänderliches Privileg.*

»Redaktionsmitglied zu sein, ist kein unabänderliches Privileg, Kaja.«

Du kannst mich nicht rausschmeißen, denkt Kaja, während die ersten Schweißperlen ihre Schläfen entlangrinnen. Und wenn, schick mich nach Grenoble. Da bist du mich zwei Jahre los. Um Juttas Stimmung zu glätten, hat sie eine Liste mit Themen vorbereitet, die sie vorbringen wollte. Nun spürt sie, wie banal, wie unwichtig, wie zerbrechlich ihre Ideen sind. Geradezu morsch. Im Vergleich mit dem Interview und Matthias Burck ist das alles nichts.

»Im Verlag wird sich schon ein Plätzchen für dich finden, wenn es bei *Sport&Berg* einfach nicht klappen will.«

Kaja öffnet den Mund. Sie denkt an das kurze Gespräch mit Jens Adler, dem Herausgeber von *Sport&Berg*, auf dem Presseball. Daran erinnert sie sich noch, obwohl der Rest des Abends im Dunkeln liegt. Er hat sie nach ihren Ambitionen gefragt. Und scherzhaft hinzugefügt: »Sie können doch nicht immer Zelte und Rucksäcke testen.« Doch selbst Zelte und Rucksäcke zu testen ist spannender, als bei anderen Blättern aus dem Verlag zu arbeiten. Landhäuser, Landgärten, Landleben. Womöglich noch Königshäuser und B-Promis. Oder Kochrezepte. Nicht Kajas Ding. Sie mag Outdoor, sie liebt Sport. Sie ist ein richtiger Nerd in der Hinsicht. Ist voll auf dem Quivive, was Ausrüstung angeht. Gaskocher, Zelte, Steigeisen – alles weckt ihr Interesse. Hinter ihren Augen sammeln sich Tränen. Auf gar keinen Fall wird sie vor Jutta zu heulen anfangen.

»Es tut mir leid, dass es so gelaufen ist.« Kaja räuspert sich. »Wirklich. Ich kann einfach nicht nachvollziehen, weshalb diese Absage kam, werde aber selbstverständlich nachfassen …«

»Du machst gar nichts.« Jutta dreht den Laptop so, dass Kaja den Bildschirm sehen kann.

Der Ton ist ausgeschaltet. Sie begreift auch so, wen sie vor sich hat. Einen Mann in einem perfekt sitzenden Skianzug, der aus einem knapp über einer geschlossenen Schneedecke schwebenden Helikopter springt. Irgendwo in einer endlosen Weite mit schneebedeckten Gipfeln vor stahlblauem Himmel. Kamerazoom auf die schicke Skibrille und die trendige Mütze. Im Arm hält er die neuesten Ski. Die Produktnamen scheinen übergroß auf Kaja loszuspringen. Der Typ hat Sponsoren, natürlich. Der Mann grinst siegesgewiss, er wirft die Ski in den Schnee, blinzelt in die Sonne, in Nahaufnahme sieht man, wie er die Stiefel in die Bindung klickt. Mit einem energischen Hieb seiner Stöcke flitzt er los. Eine Gischt von Pulverschnee legt sich über die Kameralinse. Schnitt. Eine Drohnenaufnahme. Derselbe Mann. Winzig vor einer atemberaubenden menschenleeren Berglandschaft. In selbstbewussten Schwüngen gleitet er bergab. Schrift wird eingeblendet. Wahrscheinlich eine automatisch erfasste Abschrift dessen, was gesagt wird, was Kaja aber nicht hören kann.

Das Herrlichste in meinem Leben sind die Berge.

»Matthias Burck«, flüstert Kaja.

Jutta zieht den Laptop wieder zu sich und klappt den Deckel zu.

»Ganz recht, Matthias Burck. Jetzt weißt du, warum er für uns keine Zeit hat.«

Konfus versucht Kaja zu erahnen, auf welcher Plattform diese Szenen zu sehen sind. Es kann nur einer von diesen Videobloggern sein, von denen immer mehr auf *Instagram* und *YouTube* mitspielen. Sich zu einer mindestens fünfstelligen Zahl von Followern hocharbeiten und attraktive Werbekunden anziehen. Burcks Sponsoren gehören zu ihnen, denkt Kaja. Firmen, die auch bei *Sport&Berg* Anzeigen schalten. Die ganz großen Namen.

»*Gines Bergglück.*« Jutta faltet die Hände. »Auf der fulminanten Erfolgsschiene im WorldWideWeb.«

»*Gines Bergglück*«, echot Kaja. Dieser Name für einen Social-Media-Account kommt ihr total bescheuert vor. Klingt nach Dirndl, Gänseblümchen und Kuhglocken. Wenn sie nur dran denkt, wie lange hier in der Redaktion um Schlagzeilen gerungen wird …

Jutta wirft Kaja einen Flyer zu.

»Deine letzte Chance.«

Kaja schnappt sich den Flyer. »Ultratrail am Großen Arber«, steht darauf.

»Ich nehme an, du kennst Almut Behring?«

»Natürlich. Die Extremläuferin. Sie hat als Schnellste die Alpen von Ost nach West durchlaufen. Wann war das noch gleich …«

»Vor zwei Jahren. Sie ist das Zugpferd bei diesem Ultratrail. Nimm Kontakt auf. Mach eine Story mit ihr. Emotion, Leistung, Himmel und Hölle, das ganz große Programm.«

Kaja bleibt der Mund offen stehen. »Du meinst …«

Jutta hat ihren Laptop wieder aufgeklappt. Sie wedelt mit der Hand, als müsste Kaja längst gemerkt haben, dass sie hier auf diesem Besucherstuhl nichts mehr zu suchen hat. Ihr Blick wandert auf den Flyer. Scannt die Eckdaten. Mitte Juli findet der Lauf statt. 59 Kilometer. 2820 Höhenmeter. Zehn Stunden Zeitlimit.

Kaja geht zur Tür. »Tschüs«, murmelt sie, die Klinke in der Hand.

»Ach, Kaja?« Jutta schaut von ihrem Bildschirm auf. »Wenn es mit diesem Interview nichts wird, war's das. Haben wir uns verstanden?«

5.

Ruckzuck hat Kaja Almut Behring am Telefon.

»*Sport&Berg*?«, fragt sie. In Kajas Ohren klingt es beinahe ungläubig. »Habe ich tatsächlich die *Sport&Berg* am Apparat?«

»Genau die.« Kaja legt los. »Es geht um den Ultratrail am Arber demnächst. Wir würden gern ein Interview mit Ihnen machen.« Sie hat die wichtigsten Highlights in Almut Behrings sportlichem Leben recherchiert und sich einen Überblick verschafft, welche Medien in der letzten Zeit über sie berichtet haben. »Ich meine, Sie sind ja schon fast eine Legende, was Bergläufe betrifft.«

Leises Lachen am anderen Ende. »Die Berge sind meine Leidenschaft. Und ich bin einfach gern flott unterwegs.«

»Also, können wir uns treffen?« Kaja nimmt einen Schluck aus der Trinkflasche. Das Wasser ist lauwarm geworden.

»Sie sagten, es geht um den Arber-Ultratrail?«

»Richtig.« Kajas Nervosität steigt. Eigentlich hat sie nie ein Problem damit gehabt, Menschen für ein Interview zu begeistern. Nun spürt sie plötzlich ein Zögern bei ihrem Gegenüber. »Der Berglauf ist der Aufhänger, aber im Mittelpunkt stehen natürlich Sie. Ihr Training, Ihre Erfolge, neue Ziele …«

Es ist kurz still am anderen Ende.

»Okay. Machen wir.«

Der Stein, der Kaja vom Herzen fällt, ist tonnenschwer. »Wunderbar.«

»Unter einer Bedingung.«

»Und die wäre?« Ein neuer Stein rollt heran.

»Sie laufen mit. Und im Ziel reden wir.«

Kaja schluckt. Sie ist noch nie einen Ultratrail gelaufen. Nie. Bloß einmal einen Halbmarathon, den hat sie geschafft. Hat gerade so die Cutzeiten an den Kontrollpunkten nicht unterschritten. Sie leert die Trinkflasche.

»Sind Sie noch dran?«, dringt Almut Behrings Stimme zu Kaja durch.

»Natürlich. Ist in Ordnung. Machen wir es so.«

»Super. Ich freue mich. Ich bin ein paar Tage früher vor Ort. Mit dem Wohnmobil. Der Berglauf am Arber beginnt mit einem Konzert am Vorabend, nach der Startnummernausgabe. Ich nehme an, wir werden uns dort schon über den Weg laufen.«

Das Shirt klebt Kaja am Leib. Ihre schweißverschmierte Hand umklammert das Telefon.

»Sicher, davon gehe ich aus. Ich freue mich drauf.«

»Ich mich auch. Servus!«

Almut legt auf. Kaja lässt das Handy auf die Tischplatte fallen. Minutenlang sitzt sie einfach nur da. Schließlich greift sie nach dem Flyer. Überprüft das Datum. Noch vier Wochen. Zeit genug. In Gedanken entwirft sie bereits einen Trainingsplan. 59 Kilometer, 2820 Höhenmeter. Sie sieht sich die Route auf dem Flyer genauer an. Die Strecke beginnt an der Talstation der Arber-Bergbahn und führt zum Osser Schutzhaus. Über

Hochstätter, Bärenriegel und Enzian geht es zum Kleinen Arbersee, um über Spitzberg und Wagnerspitze wieder am Ausgangspunkt anzukommen. Kaja beißt sich auf die Unterlippe. Das Zeitlimit von zehn Stunden ist ihrer Ansicht nach ziemlich knapp. Laut Beschreibung werden die ersten Läufer bereits nach fünf Stunden im Ziel erwartet. Es mag Cracks geben, die noch schneller sind. Almut hat allerdings nicht gefordert, dass Kaja vorn im Feld mitlaufen muss. Wobei diese erfahrene und durchtrainierte Läuferin sicher damit rechnet, einen der vorderen Plätze zu ergattern.

Kaja überprüft die Bedingungen. Die Anforderungen an die Ausrüstung, die Kondition, die Lauferfahrung. Regenbekleidung, Laufrucksack, Trinkbehälter, Notfallkit und so weiter hat sie. Technisch schwieriges und gefährliches Gelände kann sie meistern. Sie ist trittsicher und schwindelfrei. Es gibt etwa ein halbes Dutzend Kontrollpunkte mit Verpflegungsstation, und man kann ein Dropbag mit Wechselwäsche und Kleinkram abgeben, um sich im Ziel umziehen zu können. Aber Kondition. Das ist ein Punkt, den sie trainieren muss. So hart wie möglich. Und dann ist da der Fuß und dieser verdammte Schmerz.

Sie ruft ihren Mail-Account auf und übersendet ihre Interview-Abmachung an Almut mit den wichtigsten Eckdaten und der Bitte, eine kurze Bestätigung zurückzusenden.

Sie greift nach ihrem Handy, wählt Juttas Kurzwahl.

»Ja?«, sagt Jutta knapp.

»Ich habe mit Almut Behring telefoniert. Sie ist zu einem Interview bereit. Nach dem Zieleinlauf beim

Arber-Bergtrail. Ihre Bedingung ist allerdings, dass ich mitlaufe.«

»Und?«

»Ich mach's.«

In der Leitung ist es für einen Moment still, dann sagt Jutta: »Gut!« Und legt auf.

Kaja geht ins Netz, meldet sich für den Lauf an und bucht ein Pensionszimmer in einem Ort in der Nähe.

ZWEI TAGE VOR DEM LAUF

6.

Der Bayerische Wald zeigt sich heute von seiner sonnigsten Seite. Eben noch hat sich Kaja über eine volle Autobahn gequält, nun rollt ihr Wagen höher und höher, während sich die Sicht immer mehr weitet. Grüne Hänge unter einem lichtblauen Himmel erstrecken sich ins scheinbar Endlose. Es herrscht nur noch wenig Verkehr. Kaja lässt das Fenster herunter und schaltet die Klimaanlage aus. Heiße Luft strömt ins Wageninnere, sie kommt ihr feucht vor, fast tropisch. Kaja genießt den Fahrtwind. Das Grenzenlose der Berglandschaft verleiht ihr Flügel, wenigstens für eine kleine Weile. Alle Zweifel, die ihr in den vergangenen Wochen beim Training kamen – für den Moment sind sie vergessen. Sie atmet tief durch. Wie hat ihr die Natur gefehlt! Das ewige Sitzen an einem Computer mit den Fingern auf der Tastatur hat sie gelähmt und zugleich frustriert. Gedanklich war sie ohnehin ständig bei dem Interview, das sie mit Almut Behring führen wird.

Wenn es mit diesem Interview nichts wird, war's das. Haben wir uns verstanden?

Juttas Kommentar vor einem knappen Monat. Kaja fröstelt, trotz der Sommerhitze. Ein Traktor biegt aus einem Seitenweg auf ihre Spur. Sie bremst scharf. Das Hochgefühl von eben verfliegt. Die Angst kehrt zurück. Noch nie ist sie 59 Kilometer am Stück gelaufen. Nicht einmal gewandert. Ihre magische Grenze bei gemächlichem Tempo liegt bei 40 Kilometern. Laufend hat sie während ihrer Trainingseinheiten gerade einmal 35 geschafft. Um danach vollkommen ausgepowert beinahe zusammenzuklappen.

Dass sie den Ultratrail am Arber mitläuft, hat sich in maximaler Geschwindigkeit bei *Sport&Berg* herumgesprochen. Manche Kollegen begegnen ihr seither mit aufgesetztem Respekt. Allerdings gelang es Kaja in den vergangenen Wochen kaum, die Gerüchteküche zu ignorieren. Sie bekam kurze Gespräche mit: an der Kaffeemaschine, in der Kantine, auf dem Parkplatz. Dass Kaja kurz vor dem Rausschmiss steht, wird gemunkelt. Wenn sie den Lauf nicht schafft. Wenn sie kein Interview mitbringt. Der Name »Matthias Burck« waberte wochenlang durch die Redaktionsräume wie ein unangenehmer Geruch. Allein bei *Sport&Berg* ist der Clip mit dem Skiläufer auf *Gines Bergglück* vermutlich 1000-mal angeklickt worden. Sie, Kaja, hat sich rausdrängen lassen. Und so fielen manche Blicke während ihrer Arbeitstage selbstzufrieden und mitleidig aus.

Sie gibt Gas, überholt den Traktor. Kaum hat sie eingeschert, sieht sie im Rückspiegel, wie das riesige Gefährt abbiegt. Sie bläst ein paar Strähnen aus ihrem Gesicht.

Sie hat keinen Trainer angeheuert. Ihre Fitness allein gesteigert, sich um den Fuß gekümmert. Mit Hilfe einer Outdoor-App hat sie die Route des Laufs in kurze Abschnitte unterteilt und sich soweit möglich mit Steigung, Bodenbeschaffenheit und Wegführung vertraut gemacht. Kurz hat sie überlegt, ob sie sich sportmedizinisch untersuchen lassen sollte, diese Idee jedoch verworfen. Die Aufgabe, die vor ihr liegt, ist nicht so schwer. Sie wird mitlaufen, es irgendwie ins Ziel schaffen, Almut Behring interviewen. Sie wird die beiden Seiten der nächsten Ausgabe von *Sport&Berg* füllen. Koste es, was es wolle.

Sie erreicht Bodenmais und folgt den Anweisungen des Navigationsgerätes. Kurz darauf taucht auf der rechten Seite einer schmalen Seitenstraße die *Pension Magdalena* auf. Ein schmuckes gelb gestrichenes Haus mit üppig begrünten Holzbalkonen. Kaja schnappt sich die letzte Parklücke an der Straße. Schon auf der Fahrt sind ihr etliche Wohnmobile aufgefallen. Und selbst hier in der engen Straße parken einige. Kennzeichen aus ganz Deutschland, aus Tschechien, Österreich, sogar aus Frankreich. Kaja steigt aus. Sie ist müde von der Fahrt. Im Geist sieht sie sich im Schatten auf einem der Balkons sitzen und Eistee trinken. Sie greift nach ihrem Rucksack und dem Packsack mit der Ausrüstung und klingelt.

Eine Frau mit flusigem dunklen Haar öffnet die Tür. Sie ist sehr schmal, trägt Shorts, ein Tanktop und Sneakers. Der kinnlange Haarschnitt rahmt ihr missmutiges Gesicht unschön ein.

»Ja bitte?«

»Kaja Erlach. Ich hatte ein Zimmer reserviert.«

Die Frau tritt ein Stück zur Seite. »Willkommen.«

Kaja drückt sich mitsamt ihrem Gepäck an ihr vorbei. Im Gang ist es kühl. Es riecht nach ätherischen Ölen, als habe jemand eine Räucherlampe brennen. Die niedrige Decke erzeugt bei Kaja sofort den Eindruck, den

Kopf einziehen zu müssen. Kein Wunder, sie ist fast 1,80 Meter groß.

Wortlos geht die Frau den Korridor hinunter, an einer Holztreppe mit gedrechseltem Geländer vorbei, durch eine Tür, hinter der noch ein Gang liegt.

»Vorne links ist die gemeinsame Küche. Die Gäste können dort Mahlzeiten zubereiten und den Kühlschrank benutzen. Wir sind alle Sportler, die früh aufstehen. Zwischen 6 und 7 Uhr ist das Meiste los.«

Kaja ringt sich ein »prima« ab.

»Du hattest übrigens Glück, dein Zimmer wurde nur frei, weil sich ein Gast, der am Arbertrail teilnehmen wollte, eine Knieverletzung zugezogen hat.«

Kaja nickt, während die Frau bereits eine Zimmertür aufstößt.

»Hier, bitte!«

Das Zimmer ist winzig. Eine Kammer. Ein Bett, eine Kommode, ein Schrank. Ein Foto vom Arber im Sonnenlicht, das sich in den weißen Radarkuppeln auf dem Gipfel spiegelt, an der Wand. Durch das Fenster sieht man auf einen Holzschuppen, davor ist ein Jeep geparkt. Den Balkon kann Kaja sich abschminken. Gute Sicht ebenso. Wenigstens liegt das Zimmer im Schatten.

»Hier bleibt es den ganzen Tag kühl. Das Zimmer geht nach Norden.« Die Frau stemmt die Hände in die schmalen Hüften. »Läufst du beim Ultratrail mit? Übrigens, wir duzen uns alle. Ich hoffe, du hast nichts dagegen.«

Kaja stellt den Rucksack vor das Bett und lässt den Packsack danebenfallen. »Ist mir recht. Ja, ich habe mich für den Arbertrail angemeldet. Du auch?«

»Klar. Ich habe eine halbes Jahr darauf trainiert.«

Kaja fühlt einen Blick auf sich, der sie abschätzt. Sie quasi vermisst. Wie schnell sie ist, wie fit, wie gefährlich als Konkurrentin.

»In der Küche bitte aufräumen, was benutzt wurde. Wir haben keine Spülmaschine, also gleich sauber machen.«

»Geht in Ordnung.« Kaja sieht sich um. »Wo ist das Bad?«

Eine lustlose Handbewegung.

»Gleich neben deinem Zimmer. Der Preis für drei Nächte ist gleich jetzt fällig.«

»Sicher.« Kaja spürt plötzlich einen heftigen Stich im Rücken. Bloß keine Schmerzen jetzt! Das ist nur die Aufregung, die Erschöpfung von der Reise. Und dann noch diese unfreundliche Person mit ihren flusigen Haaren. Sie greift in die Seitentasche ihres Rucksacks und fördert ihre Brieftasche zutage. Zückt ihre Kreditkarte.

»Nur Barzahlung. Stand in der Bestätigungsmail.«

»Sorry, natürlich. Ich bin ein bisschen ausgelaugt, war eine lange Fahrt.« Kaja sieht, wie die Frau das Gesicht verzieht. Sie gibt sich einen Ruck. Einschüchtern lässt sie sich nicht so leicht. »Bist du Magdalena?«

»Meine Mutter heißt so. Ihr gehört die Pension.«

»Und du heißt ...«

»Petra.«

Kaja reicht ihr ein paar Scheine. »300. Korrekt?«

Petra schenkt sich eine Entgegnung und steckt das Geld ein. »Die Quittung lege ich dir rein.« Sie geht aus dem Zimmer.

Kaja lässt sich auf das Bett fallen. Sie hat auf ein Zimmer mit eigenem Bad gehofft. 300 Euro für drei Nächte sind für das, was man ihr bietet, reiner Wucher. Egal, die Rechnung reicht sie bei Jutta ein. Es ist nur für kurz, sagt sie sich, und dass sie *ihr Ziel* ins Auge fassen sollte, nicht unwichtige Dinge, die letztlich nicht zum Gelingen des Projekts beitragen. So wie Petras schlechte Laune.

7.

Kaja steuert das Auto Richtung Nordosten. Rechts zeichnen sich Großer und Kleiner Falkenstein ab. Unter dem blauen Himmel glänzt der Bayerische Wald dunkelgrün. Ein idealer Ort, der Traum eines jeden Outdoorfreaks, denkt Kaja. So hat ihre Leidenschaft für die Berge angefangen: mit der Sehnsucht, in der Natur zu sein. Nicht nur ein paar Stunden, sondern einen ganzen Tag, schließlich mehrere Tage. Im Zelt oder auf einer Berghütte zu schlafen. Manchmal allein, oft mit Gleichgesinnten. Eine fröhliche Gemeinschaft am Berg, die sämtliche Herausforderungen mit einem Lachen im Gesicht meistert. Kaja erinnert sich an Schlechtwettertage, die nicht enden wollten, an Windböen, die den Aufbau ihres Zelts sabotierten, an plötzliche Wintereinbrüche und große Hitze. Nichts davon hat sie wirklich demoralisiert. Im Gegenteil: Während ihre Freunde mit Galgenhumor auf die nassen Klamotten reagierten, die einfach nicht mehr trocknen wollten, fühlte Kaja sich am richtigen Platz. Als hätte sie den drögen Alltag in der Stadt gegen eine echte Welt getauscht, in der es endlich auf etwas ankam. Wo man Lösungen für wirkliche Probleme finden musste, anstatt in Meetings herumzuhocken, wo irgendwer einen Sachverhalt so lange in seine Einzelteile zerlegte, bis keiner mehr wusste, worum es eigentlich ging.

Kaja nimmt Gas weg. Der Parkplatz am Arbersee-haus ist komplett besetzt. Wohnmobile und Vans stehen entlang der Straße. Die Bergtrailteilnehmer reisen an. Kaja spürt ein Kribbeln im Bauch. Sie hat ordentlich Respekt vor dem Lauf. Nun kommt endlich Vorfreude hinzu. Sie setzt die Sonnenbrille auf, während sie langsam weiterfährt, vor sich eine lange Schlange von Fahrzeugen. Als sie kurz darauf bei der Talstation der Arberbergbahn ankommt, parken die Pkws bereits neben der Fahrbahn, Halteverbotsschilder geflissentlich ignorierend. Kaja stellt sich dazu. Den Strafzettel darf Jutta bezahlen.

Neugierig saugt sie die Atmosphäre auf. Mehrere Fernsehsender sind hier, mit Übertragungswagen und Bussen. Und Unmengen an Menschen. Sie laufen hin und her, entladen Fahrzeuge, schleppen Kartons und Packsäcke, unterhalten sich, kontrollieren Ausrüstung. Kaja steigt aus, schultert den Laufrucksack.

»Obacht!«, ruft jemand hinter ihr. Etwas bumst an Kajas Ferse. Sie fährt herum. Eine junge Frau mit einer neongelben Schirmmütze und rotem Bergwacht-Shirt, die eine Sackkarre voller Kisten abbremst, grinst Kaja entschuldigend an. »Tut mir leid, ich konnte nicht rechtzeitig bremsen. Das Ding ist dermaßen schwer … Hast du dir wehgetan?«

Kaja schüttelt den Kopf. »Passt schon.«

Ausgerechnet den schlechten Fuß hat es erwischt. Sie schüttelt ihn aus. Der Zusammenstoß war nicht weiter schlimm. Es ist mehr der Schreck, der sie im Griff hat.

»Du siehst, hier ist wahnsinnig was los. Wir bauen alles für die Startnummernausgabe morgen auf.«

»Ich laufe auch mit.«

»Prima, du kannst dich gleich mal umsehen. Aber die Startnummern gibt's erst morgen. Und danach ein Konzert. Als Einstimmung. Von der Talstation aus ein Stück den Wanderweg rauf, auf der Wiese. Siehst du schon.«

»Ich wollte mir die Streckenführung anschauen.«

»Findest du im Netz.« Die Frau stemmt sich wieder gegen ihre Sackkarre. »Oder hattest du vor, alles vorher abzulaufen? Ich glaube, danach bist du so was von groggy, dass es mit dem eigentlichen Run nichts mehr wird.«

»Warte, ich helfe dir.«

Kaja packt mit an. Die Sackkarre hat Gewicht, sie müssen ordentlich schieben, um sie wieder ins Rollen zu bringen.

»Danke. Wir müssen irgendwie über die Straße kommen. Irre, dieser ganze Verkehr. Das ist ja nicht gerade das, was man mit einem Naturerlebnis verbindet. Ich heiße übrigens Vreni.«

»Kaja.« Sie warten eine Lücke in dem beständigen Strom an Fahrzeugen ab. »Normalerweise ist es hier eher ruhig, oder?«

»In der Saison nicht unbedingt. Da sind alle Parkplätze besetzt, obwohl es ja nicht wenige davon gibt. Dieses Chaos allerdings kennen wir sonst nicht. Los geht's, den nächsten Camper bremsen wir aus!«

Lachend hetzen sie mit der schweren Fracht über die Straße. »So, jetzt nur noch da nach rechts. Zu dem Typen mit den roten Bergwacht-Klamotten! Das ist der Markus, der weiß immer, wo es lang geht.«

Der Mann wendet sich ihnen zu.

»Servus, Markus!«, keucht Vreni.

»Vreni, grüß dich. Und du bist?«

»Kaja. Ich habe nur kurz mit angepackt.« Kaja lächelt. »Sagt mal, kennt ihr Almut Behring?«

»Klar. Die Almut ist der Star des Ultratrails, würde ich sagen. Oder, Vreni?«

Vreni nimmt die Mütze ab. Ihr Haar ist stoppelkurz, sodass die Kopfhaut durchscheint. Sie wischt den Schweiß weg und setzt die Kappe wieder auf. »Das da drüben ist ihr Wohnmobil. Das mit dem stilisierten Bergsymbol auf der Seite.«

Kaja sieht sich um. Das Fahrzeug steht genau gegenüber vom Eingang der Talstation. »Super Parkplatz.«

»Sie ist seit zwei Tagen hier. Und sie ist eine von denen, die zumindest einige Abschnitte des Trails vorher abgehen.«

Markus winkt ab. »Das braucht's nicht. Wir sind tagelang unterwegs gewesen und haben die Streckenführung markiert. Das ist wirklich alles astrein gemacht. Man kann sich gar nicht verlaufen.«

»Profis wie Almut überlassen nichts dem Zufall«, entgegnet Vreni und sieht Kaja an. »Ich meine, sie macht das alles schließlich beruflich.«

Kaja nickt nur. Genau das ist der Punkt. Sie selbst macht das auch beruflich. Der Schweiß läuft ihr übers Gesicht. »Wahnsinn, diese Hitze.«

»Es soll morgen abkühlen.« Markus beginnt, die Kisten abzuladen. Zwei andere Männer sind dabei, Tische aufzustellen.

»Servus! Wir sind von *Bergsport-TV*!«, donnert eine

Stimme hinter Kaja. Sie dreht sich um. Ein Mann, groß gewachsen, ein Mikrofon in der Faust. Sein Gesicht wird von einem Basecap verdeckt, doch die Stimme kennt sie. Keiner, der ab und zu die Clips des Senders sieht, kommt an diesem Reporter vorbei.

Vreni, die bereits die Kisten auspackt, hebt den Kopf. »Servus.«

»Wir hätten gern ein bisschen O-Ton von euch Orga-Leuten. Lust?«

Vreni grinst. »Ihr könnt mich gern filmen, während ich meine Arbeit mache. Wir sind spät dran mit dem Aufbauen. Oder fragt den Markus.«

Ein Kameramann bringt sich in Stellung. Der Reporter ... Kaja kneift die Augen zusammen. Das Gesicht kennt sie. Und zwar nicht nur aus dem Fernsehen. Wie heißt der bloß? Er hat dieses Format im TV, schon jahrelang, das er mit Koryphäen des Bergsports füllt. Live-Interviews, Themen wie Vermisstenfälle am Berg, Gletscherschmelze, Steinschlag, Overtourism und alpine Unfälle fallen ihr ein. Immer irgendwie spannend und ein Stück abseits des Mainstreams. Kritisch, aber nicht ätzend. Anscheinend eine Erfolgsformel.

Kaja winkt Vreni kurz zu. Die bemerkt sie gar nicht mehr, räumt eifrig die Kisten aus, während Markus sich vor der Kamera positioniert. Nachdenklich überquert Kaja die inzwischen ziemlich verstopfte Straße. Geht auf Almuts Wohnmobil zu. Hellblau hebt sich das Berglogo auf der Seite vom Weiß des Untergrunds ab. Almut scheint eine zu sein, die ihre Leidenschaft auf allen Ebenen lebt.

Kurz entschlossen klopft Kaja an die Tür des Wohnmobils. Nichts rührt sich. Sie versucht es noch einmal.

»Almut ist auf dem Trail!« Ein Mann mit einem Terrier an der Leine, der Kaja neugierig beschnüffelt, bleibt stehen.

Kaja streichelt kurz den Kopf des Hundes. Nimmt eine der beiden Trinkflaschen aus ihrem Laufrucksack. In ihrem Fuß, dem schlechten, den vorhin Vrenis Sackkarre touchiert hat, spürt sie ein leichtes Ziehen.

»Ja, enorm heiß. Also, servus.« Der Mann trottet weiter, den Terrier hinter sich herziehend.

Sie wird den Rest des Tages fürs Training nutzen. Wird den ersten Streckenabschnitt bis zum Arberschutzhaus laufen. Wenn sie den Weg in etwa einer halben Stunde schafft, muss sie sich keine Sorgen machen.

8.

Der erste Teil der Strecke fällt Kaja leicht. Auf breiten Forststraßen schreitet sie erst flott aus, ehe sie in einen leichten Trab fällt. Der Fuß spielt mit. In den vergangenen vier Wochen hat sie kontinuierlich Kondition aufgebaut. Auf dem Kies lässt es sich bequem laufen, auch wenn der Weg schnell steil wird. Kaja nimmt ein wenig Tempo zurück. Sie hat die Streckenführung auswendig gelernt und sich selbst Wegmarken gesetzt, die sie in einer bestimmten Zeit schaffen will. Zum Arberschutzhaus eine halbe Stunde. Die Steigung beträgt nicht mehr als gute 300 Höhenmeter. Damit kommt sie zurecht. Sie hat im Treppenhaus bei *Sport & Berg* geübt, ist mehrmals am Tag die sieben Stockwerke hinaufgejoggt. Doch als der Pfad Richtung Arbergipfel vom Kiesweg weg führt und durchs Gelände geht, strauchelt sie. Steine, Felsen, Gras und auch blanke Erde formen den Weg. Kaja wird nervös. Bereits so bald auf dem Trail kommt es auf Trittsicherheit an. Eigentlich kann sie das: bei jedem Schritt den Untergrund einschätzen, die Füße zielgerichtet aufsetzen. Auf Unebenheiten und Stolperfallen achten. Sie versucht, alles, was sie ablenken könnte, aus ihrem Kopf zu verbannen. Was nicht gelingt. Dieser Reporter von *Bergsport-TV* … wie heißt der noch? Sie kann sich an seinen Namen nicht erinnern, zugleich pulsiert jedoch etwas in ihrem Gehirn, das sie nicht greifen kann.

Sie weiß vom Streckenführungsprofil, dass sie gleich 24 Prozent Steigung schaffen muss. Im Laufschritt unmöglich. Sie verfällt in ein langsames Tempo, versucht, es zu halten, bewusst zu atmen.

Wenn es mit diesem Interview nichts wird, war's das. Haben wir uns verstanden?

Juttas Drohung geistert durch den Wald. Die Hitze wird unerträglich. Schweiß rinnt über Kajas Gesicht. Ihr Shirt klebt ihr am Leib. Mücken umschwirren sie, sie spart es sich, sie wegzuscheuchen, richtet ihre ganze Aufmerksamkeit auf die Wegstrecke. Hinter sich hört sie Stimmen. Sie dreht sich nicht um. Zwei Männer gehen in schnellem Schritt an ihr vorbei. Sie grüßen nicht, reden miteinander. Kaja versteht »Kontrollpunkt« und »Dropbag«. Teilnehmer, die – wie sie selbst – schon einmal Strecke schnüffeln wollen. Ihr schwant, dass sie bei ihrem Training eine wichtige Komponente verpasst hat: Sie hätte sich ein Wochenende Zeit nehmen und zum Arber kommen sollen, um tatsächlich die ganze Strecke zu laufen. Und wenn sie den kompletten Trail in zwei Teile unterteilt hätte. Kajas Gedankenkarussell dreht wieder hoch: ein unverzeihlicher Fehler. Wie eine Schwimmerin, die eine Meerenge durchqueren will und nur im Schwimmbad trainiert hat. Sie checkt ihre Sportuhr. Der Puls ist hoch, aber noch nicht alarmierend. Im Prinzip muss sie einfach ihren Takt finden, sie ist noch in der Zeit, 20 Minuten sind vergangen, sie hat noch zehn Minuten vor sich, Zeit genug, um das Schutzhaus zu erreichen. Im Gehen greift sie nach der Trinkflasche und leert sie gut zur Hälfte.

Wenn es mit diesem Interview nichts wird, war's das. Haben wir uns verstanden?

Sie muss das hier schaffen. Entschlossen ruft sie sich in Erinnerung, dass es so schwer nicht sein kann. Übermorgen muss sie ein paar starke Steigungen laufen, schließlich heißt das ganze Ultrabergtrail, länger als ein Marathon, knapp 3000 Höhenmeter. Von denen sie ein Zehntel hinter sich hat, wenn sie oben ankommt.

Der Wald endet, doch der Pfad ist immer noch steil. Stehen bleiben wird sie nicht, Kaja nimmt lediglich noch ein wenig Tempo raus. Atmet tief durch, immer wieder, sie darf auf keinen Fall Seitenstechen bekommen. Der Fuß macht gut mit, das ist die Hauptsache. Almut hat nur gefordert, dass Kaja mitläuft. Nicht, wann sie über die Ziellinie kommen soll.

Ein kurzer Blick auf die Uhr. Noch drei Minuten, dann sollte sie oben sein. Kaja beschleunigt. Die Sonne brennt nun brutal auf sie herunter, hier oben kommt es ihr heißer vor als unten. Sie muss übermorgen an eine Kappe denken, sonst geht sie unter. Sie leert die Trinkflasche. Trotzdem fühlt sich ihr Mund total ausgedörrt an.

Plötzlich hört sie lautes Rufen, Gelächter. Eine Gruppe Sportler in grellen Klamotten hat sich am Wegrand gesammelt, ist bester Laune. Kaja kennt das: die Euphorie, bevor es losgeht. Man gibt sich begeistert, um die aufkeimende Nervosität wegzuwischen. Ihr selbst gelingt das nie. Wenn sie aufgeregt ist, hilft es ihr nur, tatsächlich durchzustarten. Sie spurtet an der Gruppe vorbei, will sich keine Blöße geben und rennt auf eine Kamera zu, die direkt auf sie gerichtet ist. Irritiert sieht sie sich um. Der Kameramann ist derselbe, der vorhin noch an der Talstation mit dem Reporter von *Bergsport-TV* herumstand und Vreni beim Auspacken der Kartons filmte. Sie ist froh um die Sonnenbrille, die einen Großteil ihres Gesichts verdeckt. Als sie vorbeiläuft, sieht sie den Reporter auf sich zugehen. Die beiden müssen mit der Bergbahn auf den Gipfel gekommen sein.

Die Sportuhr meldet 160 Puls.

»Holla, du legst ja richtig Tempo vor!«, ruft er ihr zu. »Letztes Training für den Arber-Ultrabergtrail?«

Das Seitenstechen setzt ein. Sie muss langsamer machen, doch irgendetwas in ihr schaltet auf Flucht. Sie will auf keinen Fall von diesem Typen angeredet werden. Und schon gar nicht gefilmt. Also bleibt sie bei ihrer Geschwindigkeit. Erst als sie die Terrasse des Schutzhauses erreicht, hält sie inne.

Fast jeder Platz ist besetzt. Fetzen von angeregten Unterhaltungen und Gelächter lassen die Atmosphäre knistern. Kaja wischt sich den Schweiß von der Stirn. Sie atmet heftig, ihr Puls beruhigt sich nur langsam. Es kommt ihr vor, als wenn manche Gäste sie verächtlich beäugen. Sie tackert ein Lächeln in ihr Gesicht und drängt sich über die Terrasse in die angenehme Kühle des Hauses. Auf der Toilette füllt sie ihre Flasche mit Leitungswasser, trinkt in großen Schlucken. Nimmt die Sonnenbrille ab. Ihr Gesicht ist knallrot. Ihr Haar am Ansatz nass. Sie richtet den Pferdeschwanz. Eine Frau kommt aus einer Kabine, bei jedem Schritt klicken ihre Fahrradschuhe auf dem gefliesten Boden.

»Alles gut bei dir?«

Kaja nickt. »Klar.« In ihrem Kopf rastet etwas ein. Sie spürt, wie Angst hochkriecht, aus dem Nichts.

Holla, du legst ja richtig Tempo vor! Letztes Training für den Arber-Ultrabergtrail?

Ihr Atem geht wieder schneller. Sie stößt sich vom Waschtisch ab, eilt in eine Kabine. Setzt sich auf den Toilettendeckel und sieht ihren Händen dabei zu, wie sie zu zittern beginnen.

9.

Sie hat ihr Zelt auf einem kleinen und günstigen Campingplatz direkt an der tschechischen Grenze aufgestellt. Das Geld, das vor Kurzem reinkam, hat sie gebraucht, um ihre Schulden zu bezahlen. Eine Pension oder gar ein Hotel kommt für sie also nicht infrage. Zum Glück kann sie ihr Auto noch halten. Sonst wäre diese ganze Sache schnell vorbei gewesen.

Die Klicks haben sich kurz vervielfacht – um danach wieder abzusacken. Sie hat nicht damit gerechnet, wie schnelllebig das Internetbusiness ist. Theoretisch hätte sie es wissen können, natürlich, sie ist vom Fach. Aber die Begeisterung war so groß gewesen … und sie hat sogar einem angesehenen Magazin ein Riesenthema abgeluchst. Bloß verhallt das Echo ihres Beitrags zu schnell. Sie muss gegensteuern, unbedingt. Erkundigungen einziehen, wie man das macht. Eine Strategie entwickeln. Als Nächstes hat sie den Ultraberglauf. Da muss sie die ganz großen Emotionen aufkochen. Läufer, die gewinnen. Läufer, die scheitern. Geplatzte Lebensträume, vertane Chancen. Sie wird sich einschießen müssen auf jemanden, doch wie sie das als Einzelkämpferin schafft … da helfen ihr auch die ganzen Technikgadgets nichts. Drohne hin oder her! Es zeigt sich einfach, wie wichtig die persönliche Begegnung mit Menschen ist. Journalismus lebt von der Begegnung, es gibt keinen Ersatz dafür. Wenn sie allerdings selbst mitläuft ... wie wird sie das hinbekommen, auch noch unterschiedliche Stimmen einzusammeln? Eigentlich gibt es nur eine Möglichkeit: Sie muss vorne im Feld mithalten und nach dem Zieleinlauf diejenigen abpassen, die als Letzte auf allen vieren angekrochen kommen.

Sie wälzt sich auf die andere Seite. Die aufblasbare Isomatte hält irgendwo in der Mitte die Luft nicht richtig. Es kommt ihr vor, als läge ihre Hüfte auf dem blanken Boden. Sie hat sich mal vorgestellt, mit ihrem coolen Job dort zu arbeiten, wo andere Urlaub machen. Nach einer kühlen Dusche in einem beengten Sanitärgebäude und einem geschmacklosen rehydrierten Brei, den sie zu Hause vorgekocht, getrocknet und nun auf dem Gaskocher erwärmt hat, als Abendessen, ertappt sie sich dabei, wie das Wort »Urlaub« plötzlich eine neue Nuance bekommt. Abschalten und ausspannen – das würde für sie bedeuten, einmal nichts mit Bergen zu tun zu haben, nichts mit Sport, mit Leistung, mit Entscheidungen, die für Sieg oder Niederlage sorgen können.

Neulich, nachts, in München. Seine Worte: »Es lohnt sich nicht, mit dem Feuer zu spielen.« Sie streift den Schlafsack ab. Es ist zu warm im Zelt. Sie hat schon wieder Durst. Tastet nach der Wasserflasche. Als Einzelkämpferin ist sie angreifbar. Sie hat niemanden im Hintergrund, auf den sie sich verlassen kann. Keinen Menschen und keine Institution. Auch juristisch nicht. Im Prinzip steht sie mit dem Rücken zur Wand. Ein lausiger Filmclip ist ihre Lebensversicherung.

So kann das nicht weitergehen. Sie wird umsteuern müssen. Es wäre eine Niederlage. Keine sportliche, sondern eine, die das ganze Leben umschlingt. Verdammt, sie will und sie kann arbeiten, sie ist gut in ihrem Job. Sie könnte zurück zum Sender, es wäre nicht so ungewöhnlich, in der Medienbranche wechseln die Leute häufig. Hat sie nicht bewiesen, dass sie mit einem eigenen Projekt zumindest einen Achtungserfolg erzielt hat? Das Selbstbestimmte, das ihr so wichtig war … ob sie dauerhaft darauf verzichten kann?

Sie richtet sich auf und trinkt durstig aus der Wasserflasche. Es gibt andere, die kämpfen noch mehr. Wenn sie an Kaja denkt, bekommt sie ein schlechtes Gewissen. Das alles ist unfair. Sie hätte die Wahl gehabt, anders zu handeln. Aber sie wollte das Geld.

Nein. Noch ist sie nicht bereit aufzugeben.

Es lohnt sich nicht, mit dem Feuer zu spielen.

Feuer.

Sie hat Angst vor Feuer. Wahrscheinlich ist Feuer das Einzige, wovor sie wirklich Angst hat.

EIN TAG VOR DEM LAUF

10.

Kurz vor 12 Uhr am nächsten Tag steckt Kaja im Tumult der Startnummernausgabe fest. Die Sonne brennt einmal mehr unbarmherzig auf Berge und Menschen herunter. Obwohl es in ihrem Zimmer kühl war, hat Kaja schlecht geschlafen. Bis weit nach Mitternacht benutzten Pensionsgäste das Bad nebenan. Das Rauschen in den Rohrleitungen, sobald jemand das Wasser aufdrehte, riss sie jedes Mal aus dem Halbschlaf. Doch selbst in tiefster Stille hätte Kaja schlecht Ruhe gefunden. Am späten Abend hat ihr Fuß angefangen zu pochen. Genau an der Stelle, die Vreni mit der Sackkarre angefahren hat.

Eine Panikattacke wie auf dem Klo im Arberschutzhaus hat sie nicht mehr bekommen. Sie ist dankbar dafür, fühlt sich jedoch zugleich wie zerschlagen. Dieser Reporter von *Bergsport-TV* geht ihr nicht aus dem Kopf. Sie ertappt sich, wie sie aus den Augenwinkeln den Platz vor der Talstation absucht. Die Anstrengung von ihrem kurzen improvisierten Lauf am Vortag hat sie gut weggesteckt. Eigentlich könnte sie das zuversichtlich stimmen. Wäre da nicht der Anruf heute Morgen gewesen. Jutta. Die angeblich bloß nachfragen wollte, wie es Kaja ging.

Ich glaube ihr kein Wort, denkt Kaja, während sie in der Schlange für die Buchstaben E bis H weiterrückt. Letzten Endes hat ihre Redakteurin vielleicht längst jemanden an der Hand, der Kajas Job übernehmen will. Wäre nicht das erste Mal in diesem Business, dass Nachfolger schon in den Startlöchern stehen. So schnell gibt sie sich nicht geschlagen. Morgen wird sie die Herausforderung annehmen und laufen. Wie die Sache ausgeht, kann sie nicht wissen, aber sie wird alles in die Waagschale werfen. Absolut alles.

Am Tisch mit den Boxen, in denen die Unterlagen für die Teilnehmer verstaut sind, machen sich neben Vreni und Markus etliche andere Helfer zu schaffen. Eine Frau tippt Kaja auf die Schulter. Sie fährt herum.

»Ja?«

»Entschuldige, ist das wirklich die Schlange für die Startnummernausgabe?«

»Ist es.« Wofür sonst sollten die Leute anstehen, denkt Kaja bei sich. Verstohlen mustert sie die andere. Aschblondes langes Haar, das in mehreren Zöpfen eng an den Kopf geflochten ist. Shorts und ein pinkfarbenes Shirt, dazu eine Slingbag, quer über den schmalen Oberkörper gezurrt.

»Machen die hier wirklich so ein Theater wegen der Ausrüstung? Arme und Beine komplett bedecken? Ich meine, die Hitze ist ja fast nicht zu ertragen«, fährt die Frau fort.

Kaja, die heute zum Schutz vor der Sonne ein Basecap aufgesetzt hat, zuckt die Achseln. »Es soll heute Abend kühler werden. Und morgen nur auf 18 Grad gehen.«

»Bestes Laufwetter. Du bist dran.«

Kaja wendet sich um.

»Hi, schön dich wiederzusehen!« Vreni strahlt Kaja an. »Name?«

»Erlach, Kaja.«

»Hier habe ich deine Sachen.« Vreni überreicht Kaja eine Papiertüte. »Startnummer, Zeitnahmechip. Beides im Zielbereich wieder abgeben.«

»In Ordnung.«

»Wir haben exakte Anweisungen, was die Ausrüstung betrifft. Erste-Hilfe-Kit, Signalpfeife, eine Trinkflasche oder Trinksystem, mindestens ein Liter Fassungsvermögen. Lange Hosen oder Beinlinge, langärmliges Shirt oder Ärmlinge. In dein Handy speicherst du bitte die Notrufnummer der Organisatoren ein. Findest du hier bei deinen Unterlagen. Solltest du aussteigen, warum auch immer, melde dich sofort telefonisch bei uns ab. Ansonsten leiten wir eine Bergwachtsuche nach dir ein. Die Kosten bekommst du in Rechnung gestellt. Das kann teuer werden.« Vreni blinzelt. »Mein Bergwacht-Kumpel Markus kennt da keine Gnade. Wenn du eigene Verpflegung mitnimmst, beschrifte sie mit deiner Startnummer. Die Streckenführung hast du auf deinem Handy oder deiner Sportuhr gespeichert?«

»Habe ich.«

»Sehr schön. Wir haben strikte Zeitlimits, wann die Kontrollpunkte passiert werden müssen. Wer das nicht schafft, wird disqualifiziert. Du kannst morgen beim Start ein Dropbag hierlassen, das du gleich nach dem Zieleinlauf bekommst, mit Wechselwäsche oder was du sonst brauchst. Das Dropbag findest du hier in deinem Päckchen. Wir kontrollieren die Ausrüstung, deshalb checke noch einmal die genauen Bedingungen durch, du findest die Infos hier drin. Ach, und heute Abend um 18.30 Uhr schaltet der Rennleiter das Online-Briefing frei, mit den wichtigsten Infos zu Wegbeschaffenheit, Wetter und etwaigen Änderungen.«

»Danke, Vreni.«

Kaja nickt der jungen Frau kurz zu, bevor sie durch die Menge zu ihrem Auto schlendert. Heute hat sie noch weiter weg parken müssen. Es herrscht ein verrücktes, heiteres Chaos, das Vorfreude in ihr auslöst und zugleich Bammel. Sie wirft die Startunterlagen in den Wagen. Lehnt sich gegen das heiße Blech und sieht zum Arber hoch. Von hier kann sie die beiden markanten Radarkuppeln nicht sehen, die den Gipfel so leicht von den anderen rundherum unterscheidbar machen. Sie blinzelt gegen die gleißende Sonne. Trotz der Brille fühlt sie sich geblendet. Kaum vorstellbar, dass es morgen mindestens zehn Grad kühler sein soll als heute. Für den Lauf definitiv eine große Hilfe. Sie schließt das Auto ab. Geht zurück zur Talstation. Sie wird noch einen Versuch bei Almut wagen.

Als sie deren Wohnmobil fast erreicht hat, hört sie laute Stimmen. Kaja bleibt stehen. Rechts parkt ein Van mit dem Logo von *Bergsport-TV*. Die Türen zum Laderaum stehen offen.

»Du kriegst den Job sowieso nicht. Auch wenn du mich rausmobbst.«

Kaja weicht ein Stück zurück. Das ist eindeutig die Stimme von diesem Reporter. Tief, sonor ... und spöttisch. So wie gestern, als er sie auf dem Gipfel abpasste.

Holla, du legst ja richtig Tempo vor! Letztes Training für den Arber-Ultrabergtrail?

Kaja will schon weitergehen, als sie eine Frau antworten hört.

»Ich kann dich vernichten. Das weißt du.«

In der Hitze fröstelt Kaja. Das geht sie nichts an. Sie sollte weitergehen. Doch die Neugier hält sie an Ort und Stelle. Denn diese Stimme hat sie vor Kurzem erst gehört: in der Schlange, von der Frau hinter ihr. Von der mit den Zöpfen.

»Übernimm dich nicht.« Der Reporter. Höhnisch.

»Floyd ist drauf und dran, dich fertigzumachen. Der drängt dich raus. Du kriegst kein Bein mehr auf die Erde. Also überleg's dir, alter Mann.«

»Den ›alten Mann‹ nimmst du zurück, Schätzchen. Morgen auf der Strecke werden wir ja sehen, wer von uns beiden den längeren Atem hat.«

11.

Neben dem Wohnmobil mit dem Berglogo, der Straße abgewandt, sitzt eine Frau auf einem Klappstuhl und tippt mit einer Hand auf ihrem Handy, während die andere Hand einen Trinkbecher hält. Ab und zu nimmt sie einen Schluck daraus. In dem ganzen Trubel rund um die Talstation der Arberbergbahn wirkt sie entspannt, fast gelöst. Ihr rotblondes Haar ist locker im Nacken zusammengesteckt. Sie trägt ein Schlauchkleid, die Füße stecken in Sandalen. Wahrscheinlich ist sie der einzige Mensch weit und breit, der nicht in Sportsachen herumläuft. Allerdings braucht eine wie Almut Behring ihre Zugehörigkeit zu den Fitten und Durchtrainierten nicht durch entsprechende Kleidung unter Beweis zu stellen. Ihr Ruf eilt ihr quasi voraus.

Kaja bleibt stehen. Sie hat ihre Hausaufgaben gemacht. Etliche Fotos von Almut Behring angeschaut und sämtliche Informationen aufgesaugt, die sich im Netz und im Archiv der *Sport&Berg* finden ließen. Almut Behring, 27, erfolgreiche Sportlerin, die ihr Hobby zum Beruf gemacht hat. Höhepunkte ihres Lebens bisher: Alpendurchquerung zu Fuß und mit dem Mountainbike, Skitouren auf Island und Wanderexpeditionen in Südamerika. Eine Wüstendurchquerung ist geplant. Noch vor ihrem 30. Geburtstag will sie den *Pacific Crest Trail* im Westen der USA laufen, den herausforderndsten Weitwanderweg der Welt von der kanadischen zur mexikanischen Grenze. Sie wird von den großen Firmen gesponsert und arbeitet als Sportmodel in der Werbung. Eine Traumkarriere für eine Frau, der das passende Aussehen in die Wiege gelegt wurde.

»Hallo, Almut!« Kaja nimmt die Sonnenbrille ab.

»Hi?« Fragend blickt Almut auf.

»Kaja Erlach. Von *Sport&Berg*. Wir hatten telefoniert.«

»Keine Interviews vor dem Lauf.«

»Keine Sorge, ich wollte mich nur vorstellen«, erwidert Kaja. »Ich habe eben meine Startnummer abgeholt und sehe mich noch ein bisschen um.«

»Mach das.« Almut wendet sich wieder ihrem Handy zu.

»Ich nehme an, wir führen das Interview morgen Abend nach dem Zieleinlauf? Wo sollen wir uns treffen?«

Mit einem Seufzer blickt Almut auf. »Die anderen Journalisten sammeln sich drüben am Skiverleih. Ein paar Minuten von der Talstation entfernt.«

Kaja will etwas antworten. Doch sie ist wie blockiert. Ihr Mund kommt ihr trocken und rau vor wie Sand. »Die anderen Journalisten?«

»Nenn es Pressekonferenz.« Almut nimmt einen Schluck aus ihrem Becher. »Sonst noch Fragen?«

»Moment.« Mit aller Kraft schüttelt Kaja den Schock ab, der sie lahmzulegen droht. »Ich bin davon ausgegangen, dass wir ein Einzelinterview führen.«

Lachen. »Weißt du, wie viele Presseanfragen ich bekomme?«

»Du hast mir eine Bestätigung gemailt, dass wir dieses Interview führen. Unter der Bedingung, dass ich mitlaufe. Und das werde ich.«

»Sicher. Wie heißt du noch mal?«

»Kaja.«

»Also, Kaja: Du darfst mich interviewen, aber das werden diverse andere Journalisten auch tun. *Bergsport-TV* ist hier. Bruno Schlosser, den du sicher kennst, hat sich auch ein Interview gesichert. Wobei der ja wohl bald einen Nachfolger hat, wie man hört. Und noch andere. Keine Ahnung, wo dein Problem ist.«

Das Problem besteht darin, dass ich meine Interviewvereinbarung nicht präzise genug formuliert habe, denkt Kaja. Einzelinterview. Ich hätte »Einzelinterview« schreiben sollen, nicht einfach nur »Interview«. Sie spürt einen galligen Geschmack auf der Zunge. Ich habe zu schnell geschrieben, in Hektik. Da war keine Zeit zum Nachdenken. Hinter meinem Rücken hat Jutta die Messer gewetzt.

»Ich habe deine Zusage«, beharrt sie. Soll doch Almut aus der Deckung kommen.

»Wie gesagt, du kannst mich interviewen. Wenn deine Kollegen dich stören, lass dir was einfallen. Schick sie weg oder macht einen Deal oder was weiß ich. Sorry, ich muss mich jetzt konzentrieren.« Almut steht auf und verschwindet in ihrem Wohnmobil. Die Tür knallt zu.

Verdutzt steht Kaja einen Augenblick da, ehe sie langsam um den Camper herum zur Straße geht. Da steht Markus, der Bergwachtler.

»Hi!« Kaja nickt ihm zu.

»Servus.« Er dreht sich um und trottet Richtung Startnummernausgabe.

12.

Den Nachmittag hat Kaja in ihrem Pensionszimmer zugebracht. Trotz des geöffneten Fensters ist es stickig und zu heiß. Dazu die Grübelei, wie sie aus dieser Misere wieder herauskommt. Grenoble rückt in weite Ferne. Vielleicht hat sie bald überhaupt keinen Job mehr, wenn dieses Interview mit Almut in die Hose geht. Was soll sie mit einem Sammelinterview? Soll sie irgendwas zusammenstöpseln, einfach so tun, als hätte sie die berühmte Almut Behring für sich gehabt? Und womit füllt sie zwei Seiten? Von Impressionen beim Arberbergtrail?

Und dann schon wieder der TV-Typ. Bruno Schlosser, klar, endlich weiß sie den Namen wieder, der wollte ihr einfach nicht in den Kopf. Als hätten ihre grauen Zellen sämtliche Schotten dichtgemacht. Was meinte Almut damit, dass er bald einen Nachfolger hätte? Wenn Kaja sich nicht täuscht, ist Bruno Schlossers Quote bombig. Absolut bewundernswert für ein nerdiges Programm. Für Bergsport begeistert sich nicht unbedingt ein breites Publikum. Anscheinend gelingt es Schlosser, diese besondere Welt für jedermann interessant zu machen. Das ist eine Kunst in Kajas Augen. Sie erinnert sich an endlose Redaktionssitzungen, in denen es um Zielgruppenanalyse ging. Wer kauft heute noch ein Magazin? Alle paar Monate stehen Umbrüche bevor, die sämtliche Redaktionsmitglieder aufwühlen. Ein Gespenst lauert im Raum: die Vernichtung tiefgründiger Texte durch luftigen Zwei-Minuten-Lesezeit-Content und bunte Filmclips. Irgendwann wird es uns erwischen, denkt Kaja.

In dem winzigen Zimmer summen ihre destruktiven Gedanken immer lauter. Sie geht hinüber ins Bad, duscht und kämmt das nasse Haar. Ein dunkler Braunton, noch ohne graue Fädchen darin. Jan hat immer ihr Haar bewundert. Allerdings war das Haar auch nicht stark genug, ihn zu halten. Sie flicht einen lockeren Zopf, cremt sich ein. Aus dem Spiegel sieht ihr eine Frau entgegen, nicht mehr ganz jung. Dennoch mit Hoffnung. Grenoble. Die Schwangerschaftsvertretung, zwei Jahre in Frankreich. Sie sieht förmlich vor sich, wie sie dort Story um Story an Land zieht, alles Neue begierig aufsaugt. Zum Fort de la Bastille hinaufwandert, um auf ihr neues Zuhause hinunterzuschauen. Zuzusehen, wie die Sonne ihr Licht in die Isère wirft, wie schneebedeckte Gipfel grüßen, so nah.

München ist abgewetzt, der Glanz von einst ist weg. Teuer und einsam ist die Stadt. Ohne Jan.

Seltsam, die vergangenen vier Wochen hat sie kaum an ihn gedacht. Die Vorbereitung für den Ultrabergtrail standen im Mittelpunkt, ein monolithischer Block, der nichts anderes mehr zuließ. Tatsächlich hat das gut getan. Wenn sie mehr arbeitet, noch mehr, denkt sie weniger nach. Über Jan. Über den Unfall. Über den Fuß. Über den Presseball …

Sie schlüpft in Shorts und ein frisches Shirt, geht in ihr Zimmer hinüber. Draußen vor dem Fenster steigt Petra eilig in den Jeep, lässt den Motor an und donnert vom Grundstück. Kaja starrt auf die Stelle, wo eben noch der Wagen geparkt war. Kommt es ihr nur so vor, oder hat Petra da gestanden und in ihr Zimmer geschaut? Sie schüttelt das ungute Gefühl ab, das sich mit einem Kribbeln in ihr breitmacht. Jetzt nur nicht neurotisch werden.

Kaja packt zuerst einen Slip, ein frisches Shirt und eine Fleecehose in das Dropbag, das sie am Start abgeben wird, außerdem Energieriegel und die Powerbank für ihr Handy. Danach macht sie sich anhand der Liste aus ihren Unterlagen an die Ausstattung des Laufrucksacks für morgen. Gründlich prüft sie jeden Gegenstand zweimal, bis sie ein Häkchen auf der Liste setzt. Jan hat sich immer über ihre Packerei amüsiert. »Du bist ein echter Freak, Kaja!« Mag sein. Jedenfalls ist seine Amüsiertheit in Genervtheit umgeschlagen, und irgendwann hat er nur noch die Augen verdreht, wenn sie vor einem Ausflug oder Urlaub mehrmals umpackte. Nach einer Viertelstunde hat sie alles beieinander, auch die Schmerztabletten. Fehlt nur noch das Erste-Hilfe-Kit. Sie kramt im Packsack. Ist sich sicher, dass sie es mitgenommen hat. Das kleine rote Täschchen ist immer dabei, wenn sie in die Berge geht. In dieser Hinsicht ist sie abergläubisch. Sollte sie einmal ohne losziehen, braucht sie garantiert eine Bandage oder eine Pinzette …

Das Kit ist nicht da. Kaja schwitzt. Das kann es nicht geben. Sie weiß, sie hat es zu Hause aus der Schublade mit den wichtigsten Outdoor-Sachen genommen und in den Packsack gestopft. Als eines der ersten Dinge überhaupt. Sie sinkt aufs Bett. Ihre Knie zittern. Hat Petra …?

Bleib ruhig, mahnt sie sich. Nur weil Petra permanent schlecht gelaunt ist – wieso sollte sie ein Erste-Hilfe-Kit klauen? Sie hat garantiert selbst eins.

Kaja blickt auf die Uhr. Kurz nach 16 Uhr. Sie googelt die nächstgelegenen Sport- und Outdoorgeschäfte. Schnappt sich den Autoschlüssel und steht schon im Gang, als sie sich umdreht und den gepackten Laufrucksack über die Schulter wirft. Der ist im Auto besser aufgehoben. Ebenso das Dropbag. Kaja nimmt die Powerbank wieder raus und steckt sie in den Rucksack, der dadurch merklich schwerer wird. Kurz zögert sie, greift nach der Tüte mit den Laufunterlagen, schließt die Zimmertür hinter sich ab und geht zu ihrem Auto.

13.

Kaja parkt an der Straße. Stellt den Motor ab. Lehnt den Kopf zurück und atmet ein paarmal tief ein und aus. Obwohl alle Fenster geöffnet sind, ist es im Auto heiß wie in einem Ofen. Selbst gegen Abend flaut die Hitze nicht ab. Rund um die Arberbahn-Talstation braust das Leben. Menschen in Sportkleidung eilen hin und her, es wird geplaudert und gelacht. Manche Sportler wirken angespannt und nervös. Einige stehen allein herum, starren auf ihre Handys. Es sind noch mehr Fernseh-Vans und außerdem einige Rettungsfahrzeuge der Bergwacht gekommen.

Kaja hat in Regen ein Erste-Hilfe-Kit gekauft, sich in einem Café einen Cappuccino und ein Stück Apfelkuchen geleistet und noch einmal den kompletten Inhalt ihres Rucksacks überprüft. Nerd eben. Nichts fehlt. Alles ist da, wo es sein soll. Anschließend ist sie außerhalb der Stadt ein paar Kilometer gelaufen. Die Bewegung hat ihre dunklen Gedanken in den Hintergrund gedrängt. Was auch immer sie bedrückt, Jutta, Jan, Grenoble – jetzt geht es um den Berglauf, um eine konkrete Aufgabe, und die wird sie erledigen, so gut sie eben kann. Der Ultratrail liegt vor ihr wie eine Prüfung. Sie hat sich vorbereitet, nun muss sie sehen, wie viel Leistung sie abrufen kann. Sorgen helfen nicht.

Kaja greift nach ihrem Smartphone und loggt sich

für das Online-Briefing ein. Es gibt keine Streckenänderungen, und die meisten Informationen sind nicht neu für sie. Noch einmal prägt sie sich die Cutzeiten für die Kontrollstellen ein. Der Rennleiter ruft in Erinnerung, dass grobe Unsportlichkeit, unterlassene Hilfeleistung, Verschmutzung der Umwelt und Verweigerung der Ausrüstungskontrolle zu Disqualifikation führen. Wegen des kühleren Wetters wird außerdem zusätzlich verlangt, eine Regenjacke dabeizuhaben.

Kaja loggt sich aus. Über dem Böhmerwald im Osten türmen sich Wolken auf. Doch die Luft ist weiter so warm, dass man selbst bei moderater Bewegung ins Schwitzen kommt. Hinter der Talstation führt der Wanderweg ein Stück nach Norden. Schon von Weitem erkennt Kaja die Mengen an bunt gekleideten Menschen, die sich auf den Weg zu der Wiese machen, wo das Konzert stattfinden soll. Sie hängt sich einfach an, lässt sich treiben. Die Stimmung ist fröhlich und ausgelassen. Eine Frau mit kurzem grauen Haar, die ihre Startnummer bereits angelegt hat, Nummer 333, grinst Kaja an. »Letzter Test vor dem 70. Geburtstag«, sagt sie.

»Wow.« Kaja nickt ihr zu.

Noch bevor sie die Bühne sieht, hört sie Musikfetzen und das Kreischen eines Mikrofons. Vor der Bühne lagern bereits Leute auf Matten und Decken. Rund um die Wiese sind Essensstände aufgebaut. Am hinteren Ende hat jemand ein Lagerfeuer angezündet. Die Flammen schlagen hoch in den noch hellen Himmel. Es duftet nach Gegrilltem. Sie stellt sich in die Schlange vor der Bude mit vegetarischen Burgern. Als sie ihr Essen bekommt, rempelt sie von der Seite jemand an.

»Oh, entschuldige!« Ein Mann, leuchtend blaue Augen, eine Kappe mit dem Logo von *Bergsport-TV* auf dem Kopf. »Alles okay mit deinem Essen?«

Kaja hat ihren Burger gerade noch vor dem Herunterfallen gerettet.

»Ja, passt.«

»Ansonsten hätte ich dir einen neuen spendiert.«

»Ist das jetzt Anmache?« Sie muss grinsen, so entgeistert schaut ihr Gegenüber sie an.

»Nicht wirklich. Aber falls es dich interessiert, ich heiße Floyd Brunner.«

Kaja beißt in ihren Burger. Flashback – eine Frauenstimme im Van des Senders: *Floyd ist drauf und dran, dich fertigzumachen. Der drängt dich raus. Du kriegst kein Bein mehr auf die Erde.*

»Kaja. Kennen wir uns?«

Er zuckt die Achseln, während er ebenfalls einen Burger in Empfang nimmt und Geld auf den Tresen legt. »Der Fluch des Fernsehens. *Bergsport-TV.* Uns Bildschirm-Typen kennt man irgendwie.«

»Arbeitest du mit Bruno Schlosser zusammen?«

»Ach, ist dir der gute Bruno auf die Nerven gegangen? Er saust seit vorgestern zwischen Arber und Osser herum und sucht O-Töne. Heute Abend ist schon eine erste Reportage über den Ultratrail online. Und um 20 Uhr ist er live auf Sendung. Natürlich inklusive der ganz großen Namen.« Floyd geht ein paar Schritte vom Stand weg. »Es sind ja einige Berühmtheiten aus der Szene hier, die jeden Trail mitmachen.«

»Almut Behring zum Beispiel.«

»Ach nee. Du gehörst auch zu uns Journos.«

»Almut gibt erst morgen nach dem Lauf Interviews.«

Floyd winkt ab. »Bei der ist der Lack ab, wenn du mich fragst. Zu zickig. Wo arbeitest du?«

»*Sport&Berg*.« Sie wartet auf eine Reaktion, doch er verzehrt nur mit großem Appetit sein Essen.

»Man munkelt, Bruno hätte bald einen Nachfolger.« Kaja schluckt den letzten Bissen ihres Burgers, leckt sich die Finger ab.

»Echt?«

»Du wirst gehandelt.« Es rutscht ihr so raus.

Er lacht lang und laut.

In Interviews hat Kaja genug Gelegenheit gehabt herauszufinden, wann jemand nur so tut, als ob. Blufft. Schauspielert. Irgendeinen Schein aufrechterhalten will. So wie Floyd jetzt. Sein Blick irrt kurz umher, ehe er ein breites Grinsen aufsetzt. Zockergesicht.

»Wenn du das sagst.« Er hat ebenfalls sein Essen verspeist. »Also, servus, ich bin dann mal weg.«

14.

Sie streift an der Bühne entlang auf der Suche nach einem guten Platz. Das Konzert lässt sie sich nicht entgehen, wenngleich sie darauf achten muss, rechtzeitig im Zelt zu liegen. Sie braucht ihren Schlaf. Morgen ist der große Tag. Die Musiker stimmen ihre Instrumente, stellen die Mikros ein. Soundcheck, blecherne und schrille Töne, dazu das Raunen und Lachen der vielen Menschen, die sich auf der Wiese niedergelassen haben. Sie blickt zurück zu dem Lagerfeuer. Es gefällt ihr nicht, das Feuer im Rücken zu haben. Sie befiehlt sich abzuschalten, es ist genug Abstand zwischen ihr und dem Feuer, sollte etwas passieren, kann sie weg. Sie hasst diese Angewohnheit, überall zuerst nach einem Fluchtweg zu suchen. Als wäre das ganze Leben eine einzige Gefahrenzone. Sich mit vielen Menschen in geschlossenen Räumen aufhalten – das schafft sie nicht mehr. Dadurch fallen Kino, Theater und so weiter flach. Sogar Restaurants. Insofern ist der Sommer eine ideale Jahreszeit, alles kann sie im Freien machen. So wie hier. Sie hat sich bei einem Stand einen Salat geholt und blickt nun hungrig auf die bunte Ansammlung an Blättern und Gemüse. Als Sportlerin ist sie fast ständig hungrig. Ihr Grundumsatz muss wirklich enorm sein. Sie wirft ihre Decke auf das Gras und setzt sich. Fängt an zu essen.

Ein Paar lässt sich neben ihr nieder. Sie halten Burger in der Hand, nicken ihr freundlich zu.

»Guten Appetit«, murmelt sie.

Die Frau nimmt ein Handy aus der Tasche. Sie klickt darauf herum. »Schau mal, Bruno ist online!«

Der Mann guckt interessiert auf den Bildschirm. »Lass mal sehen. Ist es schon 20 Uhr?«

Verdammt, Bruno. Überall Bruno.

Sie kann ihn fertigmachen und sie wird es tun. Sie will diesen Job zurück. Selbst wenn Floyd … Was hat sie gegen Bruno noch in der Hand, wenn Floyd an seine Stelle tritt? Sie könnte das Material Kaja zukommen lassen. Anonym. Doch dann versiegt ihre Geldquelle. Sie kann Bruno natürlich weiterhin unter Druck setzen. Diese Sache war keine Kleinigkeit. Der Knabe hat noch einige Berufsjahre vor sich. Er steht in der Öffentlichkeit, ein bekannter Name in der Szene, selbst wenn er seine Sendung nicht mehr hat. Irgendwas wird er ja machen, ein neues Format, ein anderer Sender … Wütend sticht sie mit der Bambusgabel auf ihre Salatblätter ein. Sie hat sich in etwas verrannt und kommt nicht mehr raus.

»Wahnsinn, der Mann ist einfach klasse!« Die Frau neben ihr lacht laut.

Ja, Bruno kommt immer wieder gut an. Wenn die Frau neben ihr wüsste, was er getan hat!

Das Konzert beginnt. Die beiden neben ihr stoppen Brunos Sendung und konzentrieren sich auf die Musik. Sie selbst isst ihren Salat auf, legt sich auf die Decke und blinzelt in den Himmel. Das Licht wird dämmriger. Sie freut sich auf morgen. Sie freut sich darauf, es allen zu zeigen. In sportlicher Hinsicht hat sie meistens die Nase vorn. Bruno zahlt. Hundertpro. Seine Fangemeinde wird er nicht enttäuschen wollen. Nicht mit so einer Sache. Den Filmclip hochzuladen, ist eine Sache von Minuten, ach was, Sekunden.

Und Floyd als Ersatz für Bruno Schlosser: völlig unvorstellbar. Floyd hat nicht das Zeug dazu. Außerdem ist sie eine Frau. Damit macht sie das Rennen. Die Chefetagen entscheiden sich heute fast immer für eine Frau als Aushängeschild. Wenn sie erst mal wieder drin ist im Geschäft, kann sie sich hocharbeiten. Dem steht nichts im Weg. Sie kann was. Hat ihre Fähigkeiten und ist sich nicht zu schade, ordentlich zu strampeln, um voranzukommen. Sollte sie den Clip hochladen, wird ein Schatten auch auf Floyd fallen. Auf die Männer in den Machtpositionen der Medienwelt insgesamt.

Dieser Gedanke elektrisiert sie geradezu. Zusammen mit der Musik schwebt ihre Zuversicht durch den lauwarmen Abend.

Bis sie Schreie hört. Sie richtet sich auf, dreht den Kopf. Und sieht die Flammen.

15.

Kaja hat sich ziemlich weit entfernt von der Bühne im Gras niedergelassen. Auf ihrem Smartphone verfolgt sie Brunos Onlineübertragung. Sie will wissen, ob er Almut Behring zum Thema macht. Nichts dergleichen geschieht. Anscheinend lässt sie die Medien wirklich erst nach dem Lauf an sich heran. Immerhin. Das Konzert beginnt, und sie lässt die Sendung lautlos weiterlaufen.

»Wir rocken den Arber!«, schreit jemand hinter ihr.

Nicht nur den Arber, denkt Kaja. Sie wird noch eine Stunde bleiben, um dann zurück zur Pension zu fahren und sich hinzulegen. Normalerweise schläft sie schlecht vor aufregenden Erlebnissen. Zu denen der Ultrabergtrail definitiv gehört. Wenigstens ein paar Stunden muss sie Ruhe finden.

Die Dämmerung taucht die Berge im Osten in ein magisches Licht. Es ist immer noch sehr warm, Kaja fragt sich, wann die versprochene Abkühlung kommt. Während ihre Füße im Takt der Musik wippen, ruft sie sich noch einmal die Streckenführung ins Gedächtnis. Egal, wie lange sie insgesamt braucht: Sie muss die Cutzeiten schaffen. Ziemlich nah hört sie jemanden lachen. Floyd Brunner. Tatsächlich. Er steht mit zwei anderen Männern in Sportkleidung da und schlägt einem von ihnen die Hand auf die Schulter. Alle brechen in brüllendes Gelächter aus.

Floyd ist drauf und dran, dich fertigzumachen.

Diese Frau im Van, die mit Bruno sprach … Und Brunos verhaltene Reaktion.

Morgen auf der Strecke werden wir ja sehen, wer von uns beiden den längeren Atem hat.

Bruno Schlosser, der berühmte Reporter, läuft also mit. Kaja zerbricht sich den Kopf, ob sie die Frau kennen muss. Jemand aus der Medienbranche? Wieso kann sie Bruno vernichten? Hat sie das wirklich gesagt? Nachdenklich starrt Kaja auf ihr Smartphone. Brunos Sendung ist beendet, ein Moderator kommt ins Bild. Kaja klickt auf »stopp« und steckt das Handy ein.

Angenommen, Floyd Brunner beerbt Bruno Schlosser bei *Bergsport-TV*: Das wäre eine kleine Sensation. Bloß: Warum sollte man Bruno abberufen? Er hat seine Fans, seinen Stil, ist gut eingeführt in seinem Sender. Man hat sich an ihm noch lange nicht sattgesehen. Er ist ein guter Reporter. Kajas Magen krampft sich zusammen. Wieso zerbricht sie sich überhaupt den Kopf? Sie hat ihre eigenen Probleme. Frankreich steht im Raum. Ihr Ziel, ihre Hoffnung. Ein Traum, den sie nicht aufgeben wird. Der morgige Tag wird den Traum ein Stück näher an die Realität pushen. Außerdem muss sie ihren Job retten. Juttas Ansage war eindeutig. Kaja seufzt leise.

Ein Mikrofon kreischt. Neben ihr hüpft jemand im Rhythmus der Musik auf und ab. Viele Zuschauer sind aufgestanden, manche tanzen. Kaja erhebt sich ebenfalls, fühlt sich mit einem Mal unwohl damit, am Boden zu sitzen. Plötzlich schreit jemand ganz in der Nähe. Das Licht verändert sich. Kaja denkt zunächst, dass die Bühnenbeleuchtung röter geworden ist. Als sie sich umwendet, sieht sie die Flammen. Das Lagerfeuer hat auf eine der Imbissbuden übergegriffen. Absurd, denkt sie, wie kann das passieren?

Immer mehr Leute bemerken, was los ist. Die Menge bewegt sich. Zuerst ist es ein Wogen, ein Hin und Her. Schließlich greifen manche nach ihren Sachen und rennen los, weg vom Feuer. Andere schließen sich an. Chaos bricht aus. Leute werden angerempelt, umgestoßen. Kaja starrt auf die Flammen. Hört das Brausen des Feuers. Wie festgewachsen ist sie, unfähig, überhaupt etwas zu tun. Als müsste ihr Kopf erst noch die Lage analysieren. Das ist irre, denkt sie, das Feuer ist doch noch weit genug weg.

Sie macht ein paar Schritte auf die brennende Bude zu. Sieht, dass das Gras brennt. Das Wetter war heiß und trocken in den letzten Tagen. Im Nu schneidet das Feuer eine Schneise quer über die Wiese. »Zum Auto! Los!«, schreit jemand neben ihr. Abrupt stoppt die Musik. Rufen, Schreie und das Prasseln der Flammen sind nun überlaut zu hören.

»Feuerwehr!«, brüllt ein Mann in Kajas Ohr. »Holt verdammt noch mal die Feuerwehr!«

Kaja will zur Straße. Nur nicht weiter die Wiese rauf. Die Flammen fressen sich schnell vorwärts, sind schon fast an der Bühne. Um zur Straße zu kommen, muss sie den Weg an den Imbissbuden vorbei nehmen. Die zweite Bude brennt bereits. Über den Platz verteilt sich der Rauchgeruch. Kaja zieht ihr Shirt über die Nase. Immer noch ungläubig, als könne es diese Situation gar nicht geben, zwingt sie sich, einen Bogen zu schlagen, sich mit vollem Körpereinsatz durch die Menschenmenge zu kämpfen, um die Straße zu erreichen. Sie merkt erst jetzt, dass Wind aufgekommen ist und die Flammen Richtung Bühne treibt. Instinktiv orientiert sie sich gegen den Wind. Im Schein der Flammen wirkt die Szenerie unwirklich, fast wie eine Theateraufführung. Kaja läuft an den Imbissbuden vorbei, vor ihr, neben ihr, hinter ihr Menschen. Manche stürzen auf dem unebenen Boden, stolpern über andere. Hustend sucht sie sich ihren Weg durch den dichten Rauch. Weiter hinten erkennt sie einen Mann im Bergwacht-Shirt, der wild gestikuliert, ein vergeblicher Versuch, die Menge zu kanalisieren. Auch Kaja stolpert, fängt sich jedoch ab und hastet weiter.

Blaulicht flackert. Laut jaulen Sirenen. Sie spürt Asphalt unter den Füßen. Die meisten Leute, die von der Wiese geflohen sind, wenden sich nach links. Obwohl ihr Auto weiter rechts parkt, lässt sie sich mittreiben. Zu erschöpft, um dagegenzuhalten. Bis sie nach wenigen Minuten langsamer wird, genau wie die Menge um sich herum. Sie bleibt stehen, sieht sich um.

Mittlerweile ist es fast dunkel, nur der Schein des Feuers flackert. Man sieht Rauchschlieren über der Wiese. Auf der anderen Straßenseite zieht sich Wald die Hänge hoch.

»Wahnsinn.« Ein Mann, der neben Kaja steht, rauft sich das Haar. »Wie ist das denn passiert!«

»Ein Lagerfeuer.« Ein anderer schüttelt ununterbrochen den Kopf. »Wie kann man bei der Trockenheit ein Lagerfeuer anzünden?«

Der erste wirft theatralisch die Arme in die Luft: »Wenn die jetzt mal nicht den ganzen Lauf abblasen.

Hoffentlich ist niemand verletzt! Oder noch Schlimmeres ...«

Kaja will nur noch aus der Menschenansammlung raus. Sie drängt sich durch die Reihen, überquert die Straße, hält auf die Bäume am Straßenrand zu. Da steht Markus, der Bergwachtler, ein Handy am Ohr. Als er Kaja auf sich zu stolpern sieht, dreht er sich weg.

Ihre Knie zittern. Sie hat funktioniert, ist raus aus der Gefahrenzone, hat sich in Sicherheit gebracht. Jetzt erst brechen die Gedanken in ihr Bewusstsein. Was, wenn jemand im Feuer ... Sie will das nicht zu Ende denken. Und falls die Organisatoren den Ultratrail absagen? Ein Teil von ihr fühlt unbändige Erleichterung. Sie käme aus dieser Nummer raus. Ohne die Verantwortung dafür zu tragen! Zugleich krampft sich ihr Magen zusammen. Sie will so nicht denken!

Sie hört, wie jemand schluchzt. Ganz in der Nähe. Zwischen den Bäumen ist es jetzt stockfinster. Sie tastet sich ein paar Schritte vor. An einem Baumstamm hält sich eine Frau fest. Die mit den Zöpfen. Und wischt sich übers Gesicht, während sie weint.

16.

Ausgerechnet Kaja! Die hat sie aufgesammelt, sie aus dem Wald geführt, mit ihr geredet, bis die Panik sich gelegt hat.

Regine liegt auf ihrer Isomatte. Sie hat versucht, einen Powerriegel zu essen, weil sie sich so wackelig fühlt, so völlig zermürbt. Doch ihr Magen hat dichtgemacht. Sie musste sich noch einmal übergeben. Kaja hat sie zum Campingplatz gefahren. Morgen früh muss sie mit jemandem mitfahren zum Arber, sonst würde Kaja sie auch abholen. Sie braucht nur anzurufen, Kaja hat ihr ihre Nummer gegeben. Das kann Regine auf keinen Fall annehmen. Nicht nach allem, was war.

Immer noch flackern vor ihren Augen die Flammen. Sie ist in Panik geraten. Ist weg. Hat die Windrichtung nicht beachtet. Das Feuer ist direkt auf sie zu getanzt, sie stand da, hat geglotzt wie ein Tier, das in die Scheinwerfer eines Autos starrt. War einfach nicht imstande, sich zu bewegen. Bis jemand sie angestoßen hat, geschrien hat, sie soll laufen, weg, hinter die Bühne, in den Windschatten. Von dort ist sie kopflos den Hang weiter hochgerannt, volle Geschwindigkeit. Bis sie nicht mehr konnte. Erst dann hat sie sich umgesehen. Die Flammen, das Chaos, die Panik wahrgenommen, die Sirenen der Feuerwehr. Sie hat einen Bogen geschlagen, um zur Straße zu kommen, wollte nicht mehr zwischen all den Menschen eingeklemmt sein, nicht getrieben werden in wer weiß welche Richtung. Bis sie irgendwie an die Straße kam und in den Wald stürzte. Dort musste sie sich übergeben. Minutenlang, obwohl längst nichts mehr kam.

Sie starrt an die Decke ihres Zelts. Ihre Stirnlampe brennt. Sie braucht Licht, im Dunkeln wird sie verrückt. Ihr Hals ist ganz trocken. Sie traut sich noch nicht, einen Schluck Wasser zu nehmen. In dem Zustand morgen knappe 60 Kilometer laufen – ihr kommen schon wieder die Tränen. Normalerweise weint sie nicht. Sie beißt die Zähne zusammen und unternimmt was.

Im Moment fühlt sich einfach nur schwach. Ihr Shirt stinkt nach Rauch. Alles im Zelt stinkt. Verdammt, sie braucht den Lauf, die Bilder, die O-Töne, die Eindrücke. Die ganzen Emotionen. Was soll sie tun, wenn der Ultratrail abgesagt wird? Vorhin hat sie sich noch mal ins Briefing eingeloggt, doch da war nichts Neues zu lesen. Sie greift nach dem Rucksack, nimmt ihr Handy heraus. Aktiviert die Kamerafunktion und filmt sich selbst.

»Hallo, alle, heute Abend ist etwas Furchtbares geschehen. Während eines Konzerts aus Anlass des Arber-Ultratrails morgen. Auf der Wiese hinter der Talstation ist ein Feuer ausgebrochen. Was für ein Wahnsinn, noch ist nicht bekannt, was die Ursache war. Es gab eine unglaubliche Panik, die Leute sind von der Wiese geflohen, in alle Richtungen, weil das Feuer sich so schnell ausbreitete.« Ihre Stimme versagt. Sie schluckt und wischt eine Träne weg. »Ich habe zwischendrin gedacht, ich schaffe es nicht. Der Rauch, der Gestank, die Hitze. Momentan ist noch nicht klar, ob der Berglauf morgen stattfinden kann. Es ist jetzt«, sie sieht auf ihre Uhr, »fast Mitternacht.«

Sie stoppt die Aufnahme. Zögert kurz, bevor sie das Video so, wie es ist, auf ihren Blog hochlädt.

DER LAUF

17.

Kaja hat den Wecker auf 5 Uhr gestellt. Im Zimmer ist es dämmrig. Sie braucht einen Moment, ehe sie sich orientiert. Blinzelt einige Male. Checkt ihr Handy. Keine Nachricht von der Frau mit den Zöpfen. Sie hat nicht einmal deren Nummer. Und ihren Namen weiß sie auch nicht. Gestern hat Kaja gedacht, die Frau würde zusammenklappen. Wie ferngesteuert hat sie sie aus dem Wald geführt, die Straße entlang, zu ihrem Auto. Hat sie zum Campingplatz gefahren und zu ihrem Zelt gebracht. Dabei war sie mit ihren eigenen Kräften am Ende. Als sie wieder losfahren wollte, zurück in die Pension, zitterten ihr die Knie so sehr, dass sie ein paar Minuten still im Auto sitzen blieb. Einfach nur vor sich hin starrte, in die Dunkelheit.

Der Schrecken steckt ihr immer noch in den Gliedern. Am liebsten würde sie sich auf die andere Seite drehen und weiterschlafen. Einen Tag, zwei Tage. Schlafen und essen, wieder schlafen.

Sie loggt sich ins Online-Briefing ein. Dort findet sich nur der Hinweis, dass bei dem Brand gestern niemand verletzt wurde. »Uff«, macht Kaja. Wenigstens das. Weiter schreibt der Rennleiter, dass der Ultraberglauf wie geplant stattfindet. Er warnt noch einmal vor dem Wetterumschwung.

Nun treibt es Kaja aus dem Bett. Sie tritt ans Fenster, späht durch die Gardine. Es regnet.

Sie muss sich dem stellen. Besser sofort als später. Sie nimmt ihren gepackten Laufrucksack mit ins Bad, duscht, cremt sich ein. Zieht ihre Sportsachen an, lange Hose, langes Shirt. Kappe. Kontrolliert ein weiteres Mal ihre Ausrüstung. Nichts fehlt. Die Regenjacke zieht sie gleich an. Es kommt ihr kühl vor im Haus, als sie in die Küche geht und sich ein Frühstück zubereitet. Ausnahmsweise ist sie die Erste. Sie braucht Energie, darf jedoch nichts Belastendes zu sich nehmen. Eine Tasse Kaffee muss sein, dazu füllt sie ihre Wasserflasche und verstaut sie im Rucksack. Den Zeitnahmechip wird sie erst bei der Startaufstellung an den Schnürsenkeln festmachen.

Petra kommt herein, brummt ein »Guten Morgen.«

»Morgen. Hast du das mit dem Feuer mitbekommen?«

»Wie nicht.«

»Warst du dort?«

»Nein, aber es hat sich rumgesprochen.« Auch Petra trägt bereits Laufkleidung.

»Wie konnte das passieren? Wieso hat jemand ein Lagerfeuer gemacht, bei der Trockenheit?«

»Idioten gibt es immer. Zwei oder drei von den Imbissbuden sind nur noch rauchende Trümmer.« Petra zuckt die Achseln. »Das Wetter hat sich gedreht. Wird ein lustiger Lauf, schätze ich.«

Kaja denkt nicht, dass Petra so aussieht, als fände sie irgendetwas lustig. Sie isst ihr Vollkornbrot mit Käse und dazu einen Apfel. Sie wird regelmäßig Energie nachschieben, anders geht es gar nicht. Einige Riegel hat sie dabei, ansonsten wird sie sich bei den Versorgungsstationen eindecken. Während Petra Tee aufgießt, überprüft Kaja die Wettervorhersage. Der Regen soll um 8 Uhr aufhören. Umso besser.

Sie spült ihr Geschirr, trocknet alles ab und stellt Tasse und Teller zurück in den Schrank.

»Bis später!« Sie nickt Petra kurz zu, ehe sie hinausgeht und in ihr Auto steigt.

Noch einmal inspiziert sie den Rucksack. Kaja, der Nerd. Jans große Liebe und dann nur noch die Nervensäge mit den Spleens. Sie richtet ihren Pferdeschwanz und setzt die Kappe zurecht. Startet den Motor. Träge rucken die Scheibenwischer über das Glas. Schieben eine Brühe aus Pollen, Wasser und Schmutz hin und her, bis die Sicht klarer wird. Kaja fährt los. Sie denkt kurz an die Frau mit den Zöpfen. Entweder hatte sie eine Rauchvergiftung und hat sich deswegen übergeben, oder sie hat den Brand psychisch nicht verkraftet. Ausgerechnet die Frau mit den Zöpfen, die bei Bruno im Van so harte Töne angeschlagen hat.

Ich kann dich vernichten. Das weißt du.

Kaja wird nicht schlau daraus. Floyd Brunner wird als Nachfolger von Bruno Schlosser gehandelt – was kann diese Frau damit zu tun haben? Ist sie auch auf Brunos Job beim Sender scharf? Sie stellt die Heizung an. Dankbar hält sie ihre rechte Hand in den warmen Luftzug. Nur 13 Grad. Es hat wirklich abgekühlt seit gestern. Der Bayerische Wald und seine Tücken! Einmal war sie mit Jan im Böhmerwald, auf der tschechischen Seite. Zum Mountainbiken. Als noch alles in Ordnung war zwischen ihnen. Vor dem Unfall. Bevor sich alles änderte. Damals erlebten sie auch einen Temperatursturz. Im Hotel hatte man sie noch gewarnt, doch sie hatten sich einfach nicht vorstellen können, dass sie nach heißen Tagen mit mehr als 30 Grad plötzlich Regen und Temperaturen unter zehn Grad erwarten würden. Was waren wir dämlich, denkt Kaja. So eine Unbedarftheit würde die heutige Kaja nicht mehr an den Tag legen.

Gerade mal 7 Uhr, und schon sind etliche Fahrzeuge unterwegs. Der feine Sprühregen lässt nach. Als Kaja zur Talstation der Arberbahn kommt, findet sie noch einen Parkplatz am oberen Ende.

Sie steigt aus, dehnt sich, macht ein paar Übungen, um ihre Gelenke zu lockern und die Nervosität aus ihrem Körper zu schütteln. Jetzt kommt es drauf an. Sie braucht ihre ganze Konzentration für den Lauf, muss den Kopf freihaben von allem anderen. Heute Abend wird sie weitersehen. Es lohnt sich nicht, sich mit 1000 Wenns und Abers verrückt zu machen. Sie weiß das. Und dennoch gelingt es ihr schlecht abzuschalten.

Sie schließt das Auto ab. Geht in flottem Tempo ein Stück die Straße hinauf und wieder hinunter. Blickt zur Wiese hinauf, wo es gestern brannte. Im trüben Morgenlicht ist nichts Besonderes zu erkennen. Weißer Dunst verdeckt den Gipfel. Sie kann nur hoffen, dass die Strecke wirklich bestens markiert ist. Ihr Orientierungssinn in den Bergen ist nicht besonders gut.

Kaja reckt das Kinn. Der Regen hört ganz auf. Sie fröstelt ein wenig, als sie zum Start läuft. Immer mehr Autos sind nun auf Parkplatzsuche. Minütlich sammeln sich mehr Läufer, alle in bunter Sportkleidung. Fröhlichkeit trifft auf Anspannung. Popmusik läuft. Kaja rückt an ihrer Kappe. Sie atmet tief die feuchte Luft ein und geht Richtung Start. Ein Moderator heizt die Stimmung an. Nun spürt Kaja ihre Nervosität noch deutlicher. Zugleich macht sich Vorfreude bemerkbar. Endlich geht es los. Sie ist nicht die Einzige hier mit Zweifeln und Problemen. Andere sind richtige Cracks, aber es gibt auch ihre Preisklasse – das Mittelfeld. Nicht die Profis, sondern die Semi-Ambitionierten. Die nicht jeden Ultratrail laufen, vielleicht nur einen oder zwei pro Jahr. Die dennoch gut dabei sind. Und Spaß daran haben.

Mehr und mehr Teilnehmer versammeln sich. Es wird eng. Als Kaja ihren Zeitnahmechip befestigt, hört sie eine Stimme hinter sich.

»Hallo, Kaja. Danke noch mal für gestern.«

Die Frau hat ein gelbes Beanie über ihren Kopf gezogen, unter dem ihre Zöpfe herauslugen.

»Geht es dir besser?« Kaja muss beinahe schreien, so laut tönt die Stimme des Moderators zusammen mit der Musik über sie hinweg.

»Absolut!« Die Frau strahlt. Im Takt der Musik bewegt sie die Hüften. »Alles bestens.«

Doch Kaja bemerkt sofort die dunklen Ringe unter ihren Augen. Wahrscheinlich sehe ich selbst nicht besser aus, denkt sie.

»Na dann, viel Glück für den Trail.«

»Dir auch.«

»Wie heißt du eigentlich?«

»Regine. Also, genannt werde ich eigentlich Gine. Gine, die Bergfreundin.«

Kaja, die gerade einen Blick auf ihr Handy werfen wollte, steckt das Gerät wieder weg.

»Bergfreundin ...«

Gine errötet.

»Warte.« In Kajas Kopf beschleunigen die Impulse. Alles rotiert. »Du bist ... *Gines Bergglück* ... das ist dein Kanal?«

»Videoblog. Ja.« Gine hebt die Hand. »Also, alles Gute.«

»Moment. Einen Moment noch. Das Interview mit Matthias Burck ...«

Gine zuckt die Achseln. »Tja, weißt du ...«

»Das warst du?« Kaja hat lauter gesprochen als beabsichtigt. Ein paar Leute drehen sich zu ihr um. Neugier wabert durch die Luft.

»Ein Videoclip kommt halt besser rüber. Ich meine, wer liest heute noch Print?«

18.

Kaja fühlt sich gut. Nun, da sie läuft, kann sie endlich das Grübeln abschalten, das sie seit so vielen Tagen im Griff hatte. Schon wenige Minuten nach dem Start findet sie in ihr Tempo. Etliche Läufer ziehen an ihr vorbei. Ein eigenartiger Anblick, der sie zum Schmunzeln bringt: Menschen in bunten Klamotten hetzen durch Dunstschwaden im nassen Wald. Die Strecke bis zum Arbergipfel kennt sie, der Vorteil, wenn man wenigstens einen Teil der Distanz einmal abgegangen ist. So fällt es leicht, in den Rhythmus zu kommen. Sie ist nicht abgelenkt von der bangen Frage, ob sie noch auf dem richtigen Weg ist. In der Kälte hat sie zunächst gefröstelt, nun beginnt sie, unter der Regenjacke zu schwitzen. Sie öffnet den Reißverschluss. Anders als in der Hitze kommt sie gut vorwärts. Den anderen scheint es ebenso zu gehen. Sie erreicht die steile felsige Stelle, nimmt Tempo raus. Es ist wichtig, Reserven zu halten, sich nicht sofort auszupowern. Jeder Schritt federt, der Fuß macht gut mit, eine Tatsache, die Kaja positiv stimmt.

Kurz vor dem Arbergipfel setzt der Regen erneut ein. Floyd zieht an ihr vorbei, ein Grinsen im Gesicht. Sie achtet nicht auf ihn. Verbietet sich, an ihr eigenartiges Gespräch gestern Abend zu denken. Bei Almut Behring wäre der Lack ab! Kaja schüttelt den Kopf, als müsste sie ein Insekt verscheuchen. Doch nichts fliegt heute –

zu kalt. Almut hat sie im Getümmel der Startaufstellung gar nicht gesehen. Schluss jetzt. Kaja konzentriert sich ganz auf ihren Atem. Sie will sich nicht zu früh verausgaben. Also achtet sie darauf, noch etwas Geschwindigkeit rauszunehmen. Hier geht sie mehr, als dass sie läuft. Auch gut. Das machen die meisten. Sie sieht nicht zurück, beobachtet aber, was vor ihr passiert. Einige, die flott angesprintet kamen, fallen jetzt zurück. Kaja erreicht das Arberschutzhaus, wendet sich Richtung Gipfel. Hier oben regnet es heftiger. Als sie aus dem Schutz des Waldes tritt, stülpt sie die Kapuze über ihr Basecap. Sie ist froh um jede Kleidungsschicht. Weiß steigen die Atemwolken vor ihrem Mund auf. Der felsige Weg ist rutschig. Die Ersten kommen vom Gipfel bereits wieder herunter. Ein Mann schlittert über einen glatten Felsen und schlägt hin. Kaja verlangsamt ihren Schritt. Sie muss aufpassen, ein Sturz könnte alles verderben.

»Brauchst du Hilfe?«, ruft sie.

Der Mann steht wieder. »Alles okay, danke.« Er rennt weiter.

Kaja umrundet den Gipfel und läuft zurück. Nun geht es erst einmal abwärts, sie nimmt den Schwung mit. Bei einem Gefälle von teilweise fast zwölf Prozent kommt sie gut voran. Sie nimmt einen Schluck aus der Flasche. Die nächste Steigung zum Spitzberg erreicht sie nach etwas mehr als einer Stunde. Gleich müsste der Checkpoint zu sehen sein. Die erste Cutzeit schafft sie auf alle Fälle. Dann hat sie schon fast ein Fünftel des Trails gemeistert. Der Regen lässt nach, sie zieht die Kapuze vom Kopf. Eine Versorgungsstation kommt in Sicht. Kaja zieht den faltbaren Trinkbecher aus der Tasche ihrer Regenjacke. Ein dick eingemummelter Volontär gießt Wasser hinein und reicht ihr einen Beutel mit Energie-Gel. Dankbar greift Kaja zu. Sie will ihre eigenen Vorräte so lange es geht sparen. Auch so eine Angewohnheit, die Jan nervte.

Der Gedanke an Jan schießt mit einer Heftigkeit heran, dass sich Kajas Magen zusammenzieht. Sie trinkt aus, drückt den Becher zusammen und zieht das Tempo an. Sie braucht keine traurige Begleitmusik. Dies ist ihr Tag! Sie will diesen Trail schaffen. Alles, was ihr Kraft abziehen könnte, muss außen vor bleiben.

Sie keucht, die Steigung zum Spitzberg hat es in sich. Uphill fühlt sie keinen Push in den Beinen. Jeder Schritt ist Arbeit. Sie spürt ihr Herz schlagen. Noch härter wird die Steigung zum Großen Osser sein. Teilweise über 20 Prozent. Nicht denken! Kaja will beschleunigen, muss jedoch einsehen, dass es hier zu steil ist, um noch zu laufen. Sie fällt in ein schnelles Gehen. Vor ihr kämpft sich eine Frau die Steigung hinauf. Kaja überholt. Noch hat sie ihren Atem unter Kontrolle. Sie atmet tief ein, spürt das Seitenstechen lauern, kann es abwenden. Nach dem Spitzberggipfel verfällt sie in sanften Trab. Die Abwärtsbewegung fühlt sich beinahe wie Stehen an, ein Ausruhen in der Bewegung, davon hat der Coach manchmal gesprochen, mit dem sie nach dem Unfall trainiert hat. Sie zieht an einigen Läufern vor ihr vorbei.

Nach gut zwei Stunden Laufzeit macht sie sich an den Aufstieg zum Osser. Jetzt spürt sie ihren Fuß. Nur ein Ziehen, ganz leicht. Nichts, was ihr Sorgen machen müsste. Jedenfalls jetzt noch nicht. Sie verzehrt das Energie-Gel und erreicht den zweiten Kontrollpunkt nach zwei Stunden und 20 Minuten. Kaja hat die Streckenführung auswendig gelernt. Sie weiß, dass sie einigermaßen in der Zeit liegt, aber eben nicht gut. Kalkuliert hat sie zwei Stunden bis hierher. Sie überprüft ihre Sportuhr. Stolpert, fängt sich. Greift nach der Trinkflasche. Sie braucht eine Pause. Sie wird es bis zum Osser schaffen, keine Frage, nur ist das noch nicht mal die Hälfte der gesamten Strecke. Sie trinkt in großen Schlucken, geht dabei langsam weiter. Die Ersten kommen vom Osser bereits zurück. Auf diesem Abschnitt begegnen sich auf einer Strecke von etwa zehn Kilometern die Läufer, die noch bis zum Osser unterwegs sind, und die, die bereits wieder zurückkommen, um Richtung Hochstätter weiter zu hetzen.

Gine ist dabei. Unter ihrem gelben Beanie flattern die Zöpfe. Ihr Gesicht ist hochrot. Für mehr als ein kurzes Nicken, als sie an Kaja vorbeirennt, reicht es nicht.

Kaja beißt die Zähne zusammen, verstaut die Flasche und steigert ihr Tempo.

19.

Sie ist schnell. Mit kleinen Schritten zum Erfolg – mit diesem Slogan hat sie ihre Fangemeinde begeistert, denn sie meint es wörtlich. Für ihren Laufstil ist das Längenmaß ihrer Schritte entscheidend. Lieber kleiner ausschreiten, dabei das Tempo anziehen.

Gine war schon am Osser, rennt nun zurück. Sie folgt den Markierungen über Lohberg. Ab da begegnen sich die Läufer, die vom Osser kommen, und jene, die noch hin müssen. Keine gute Situation, aber eine, die sie von anderen Läufen kennt. Sie ist vorn mit dabei, ihr sind kaum Kollegen entgegengekommen. Jetzt reiht sich das ganz große Feld auf. Sie begegnet Kaja. Die sieht blass aus, die Gesichtszüge eingefroren. Gine nickt, obwohl ihr das Zusammentreffen peinlich ist. Bei allem, was war. Von dem Kaja manches weiß und manches nicht.

Keine Zeit zu grübeln. Am Osser hat Gine kurz gefilmt, beim Aufstieg, um emotionales Material zu haben. Das Handy steckt in einer Hülle, die sie an ihrem Oberarm befestigt hat. Etliche ihrer Follower haben bereits Kommentare zu ihrem gestrigen Post nach dem Brand geschrieben. Von Empörung über die Fahrlässigkeit der Organisatoren bis zu guten Wünschen für den Trail ist alles dabei. Natürlich hat sie noch nicht geantwortet, dazu braucht sie Zeit. Sie erreicht Sommerau. An der Straße stehen Leute und feuern die Läufer an. Gine winkt kurz. Der Asphalt unter ihren Schuhen nervt sie, doch dann kommt Kies, sie gerät tatsächlich kurz ins Rutschen. Es wird steil. Sie nimmt Tempo raus.

»Na?«, keucht jemand von hinten. Sie fährt herum. Eine gute Weile hat sie die anderen Sportler aus den Augen verloren.

Gine fährt herum. »Du?« Sie macht große Augen. Ihr Atem geht noch schneller. Verdammt!

»Überrascht?«

Sie hat ihn überholt. Und zwar ziemlich bald. Vor dem Arbergipfel. War keine große Sache. Jeder kann sehen, dass er diesen Trail nicht schaffen wird. Er wird aussteigen, vielleicht schon am nächsten Kontrollpunkt anzeigen, dass er nicht mehr kann. Was für ein Irrsinn, manche lernen es nie. Bloß wie kommt er jetzt hierher? Hat er einfach geschummelt? Keine Chance, auf dem Pfad, wo sich die Läufer begegnen, konnte er gar nicht wenden, das wäre aufgefallen, und außerdem sind da die Cutzeiten …

Er hält erstaunlich gut mit. Nur sie ist so dermaßen aus dem Takt geraten. Seine Aufmerksamkeit gefällt ihr nicht. Ein Mann in einem roten Shirt zieht an ihnen vorbei. Das ist die Gelegenheit. Gine gibt Gas. Sie will sich anhängen, manchmal funktioniert das, sich mitziehen zu lassen. Doch der andere bleibt an ihr dran.

Er muss abgekürzt haben, denkt Gine. Der Takt ihrer Schritte ist jetzt unregelmäßig, der Mann im roten Shirt läuft flott voraus. Sie kämpft mit der Steigung. Ringsum Wald. Am Hochstätter wird sie wieder auf 1000 Metern sein. Sie hätte wirklich nicht gedacht, dass es so hart werden würde.

»Du meinst, du bist besonders schlau.« Er drängt sich nah an sie heran. »Bist du aber nicht.« Ihm geht die Puste aus.

Gine beschleunigt. »Du belästigst mich!«

»Ach nee.« Er lacht, was eher wie ein Japsen klingt.

»Du belästigst mich!«, schreit sie ihn an.

Ob der Läufer im roten Shirt sie gehört hat, kann sie nicht sagen. Er dreht sich nicht um.

Gine hasst es. Sie war schon ab und zu in solchen Situationen. Ein Mann hat sie angemacht, drangsaliert – und kein anderer Läufer hat reagiert. Sie zerrt ihr Handy aus der Hülle und hält es auf sein Konterfei. Dieses rote Gesicht, dieses verdammt dämliche Grinsen.

»Spinnst du?« Er macht einen Schritt auf sie zu. Will sie am Arm packen.

»Lass mich in Ruhe!«, schreit sie, während sie die Videofunktion aktiviert. Sie filmt ihn, während sie weiterläuft, langsam, vorsichtig. Irgendein Instinkt sagt ihr: Wenn sie stürzt, war's das.

20.

Kurz vor dem Hochstätter knickt Kaja ein. Sie hat gute 35 Kilometer geschafft. In fünf Stunden. Sie braucht eine Pause. Die Beine zittern. Sie geht langsam, zieht einen Powerriegel aus dem Rucksack. Verschlingt ihn gierig. Ihr Körper verlangt nach Ruhe und Energie, beides zugleich. Das Lauffeld hat sich ausgedünnt. Die guten Läufer sind schon weit voraus, manche nähern sich wahrscheinlich bereits wieder dem Arber, um an der Talstation ins Ziel einzulaufen. Almut Behring wird dabei sein. Auch Gine hat Kaja nicht mehr eingeholt. Ebenso keine Spur von Floyd. Sie checkt die Sportuhr. Der Fuß pocht. Braucht ein Pause. Sie konzentriert sich beim Gehen darauf, den anderen mehr zu belasten. Auf keinen Fall wird sie stehen bleiben oder sich gar hinsetzen. Anzunehmen, dass sie nicht mehr hochkommt. Einfach nicht mehr weiterlaufen kann. Seit einer guten Weile regnet es nicht mehr. Zunehmend macht sich Nebel breit. Dicke weiße Schwaden gleiten herbei, verdecken Bäume und Gipfel. Von einem beeindruckenden Fernblick kann man heute nur träumen. Kaja trinkt noch etwas. Verstaut die Wasserflasche. Sieht sich um. Sie ist umringt von Dunst.

Dies ist der Moment, wo sie bemerkt, dass sie sich verlaufen hat.

Verdammt! Das Adrenalin schiebt die Zerschlagenheit weg. Jäh ist Kaja wieder hellwach. Sie aktiviert die Streckenführung auf dem Handy, muss jedoch feststellen, dass sie keinen Empfang hat. Sie sollte irgendwo kurz vor dem Gipfel des Hochstätters sein. Müsste sie dann nicht längst wieder auf einem Kiesweg laufen? Hat sie eine Markierung übersehen? Kein Wunder bei dem Nebel. Der nächste Kontrollpunkt, den sie durchlaufen muss, ist der Hochstättergipfel. Ihrer ursprünglichen Kalkulation entsprechend hätte sie den vor einer halben Stunde erreichen sollen. Panik macht sich breit. Irgendwo schreit eine Krähe. Nun bleibt Kaja doch stehen – wider besseres Wissen. Sofort wollen ihr die Beine einknicken. Sie lehnt sich gegen einen Baumstamm. Wo ist sie eigentlich hergekommen? Sie sieht sich um. Steht mitten im Wald, keine Markierung, nicht einmal ein deutlich erkennbarer Pfad ist hier. Noch erkennt sie die Spuren ihrer Tritte. Sie muss in die Richtung zurück, aus der sie gekommen ist. Sofort. Ehe die Orientierung komplett nachlässt. Sie ist bergauf gelaufen, nicht bergab, oder?

Verdammt, mein Gehirn braucht Energie, denkt Kaja wütend. Jetzt ist sie tatsächlich vor die Wand gelaufen. In die Arme des »Mannes mit dem Hammer«, wie Läufer sagen. Eine Art Knock-out. Der plötzliche Mangel an Kohlehydraten und Glucose, den Ausdauersportler fürchten, wenn sie nicht an genug Nachschub gedacht haben. Sie kennt die Symptome: Müdigkeit, Schwindel, im schlimmsten Fall sogar Bewusstseinsverlust. Mit dem Essen ist sie jetzt zu spät dran, weil es dauert, bis der Körper die Nahrung umsetzt. »Shit!«, ruft Kaja in den Wald. Sie isst einen Apfel, anschließend noch einen Powerriegel. Das sollte reichen. Sie checkt ihre Uhr. Die Zeit verrinnt. Sie muss zurück auf die Strecke. Konzentriert sich auf die Karte in ihrem Handy. Macht ihre ungefähre Position aus.

Sie wird das schaffen. Gar keine Frage. Sie ist eine erfahrene Sportlerin. Die Schmerzen im Fuß steckt sie weg. Darum kümmert sie sich später.

Ameisen krabbeln an ihren Beinen hoch. Sie beachtet sie nicht. Mit aller Willenskraft stößt sie sich von dem Baumstamm ab, spürt Harz zwischen ihren Händen. An ihrem schweißnassen Gesicht kleben Fichtennadeln. Wieder schreit eine Krähe.

21.

Sie kann ihn nicht abschütteln. Er klebt ihr an den Fersen. Mal mehr, mal weniger. Fuck! Gine spürt, dass da etwas nicht stimmt. Sie hat den Gipfel am Hochstätter erreicht, den Kontrollpunkt passiert. Er genauso. Ein wenig nach ihr. An den steilen Stellen hat sie ordentlich Abstand zu ihm aufgebaut. Nun geht es abwärts, er holt auf. An solchen Stellen gerät Gine manchmal in ein Läuferhoch. Diesen euphorischen Zustand, in dem sie glaubt, ewig weiterlaufen zu können, wie von selbst, ohne jede Anstrengung. Doch heute nicht.

Sie hätte die Leute am Kontrollpunkt ansprechen können. Da ist einer, der mich belästigt. Und was dann? Soll sie den Trail abbrechen und am Kontrollpunkt in der Sicherheit der Betreuer stehen bleiben, bis das Rennen aus ist?

Nicht aufgeben. Weitermachen. Einen guten Platz einfahren.

Den Hörndl kann sie abhaken, der hat gerade mal 1015 Meter. Danach gibt es noch am Schwarzeck eine echte Herausforderung. Anschließend bleibt nur der Arber. Zurück an den Ausgangspunkt, der in dem Fall das Ziel ist.

Das Feld ist ausgedünnt. Weiter vorn sieht Gine vier Läufer. Manche tun sich als Gruppe zusammen, zwecks Motivation und Sicherheit. Bei einigen Trails wird das sogar ausdrücklich verlangt. Für Gine ein No-Go. Sie will allein unterwegs sein. Das ist ihre Bedingung. An andere anpassen? Sportlich unmöglich.

Jetzt allerdings würde es ihr helfen, Gesellschaft zu haben. Denn er kommt wieder näher. Schneller, als sie erwartet hätte. Die Angst schnürt ihr die Luft ab. Sie versucht, sich auf einen gleichmäßigen Atem zu konzentrieren. Was nicht klappt. Sie spürt einen Stoß im Rücken und schlägt der Länge nach hin. Aus dem vollen Lauf heraus. Obwohl sie sich mit den Händen abfängt, knallt ihr Gesicht auf den Boden, rutscht ein Stück, schürft Wange und Lippe auf. Sie kann nicht einmal schreien.

22.

Kaja hat keine Ahnung, ob sie ihre Position im Wald
korrekt bestimmt hat. Ihr ist das Gefühl für Zeit abhan-
dengekommen. Seit mehr als fünf Stunden ist sie auf
dem Trail. Wann hat sie gemerkt, dass sie sich verlaufen hat? Der »Mann mit dem Hammer« hat sie voll ausgeknockt. Sie hat sich auf den Beinen gehalten, immerhin. Laufen ist im Moment nicht möglich, sie kann nur
langsam gehen, und auch das Denken fällt ihr schwer.
Immer wieder befragt sie das Handy. Obwohl sie offline ist, hat sie eine ungefähre Angabe, was ihren Stand-
punkt betrifft. »Ungefähr« ist ihr im Wald keine Hilfe.
Die Bäume sehen alle gleich aus. Nirgendwo ein Weg.
Keine Markierung.

Sie nimmt sich zusammen. Irgendwann muss doch
der Zucker aus dem Powerriegel ihr Gehirn fluten!
Eigentlich gibt es nur eine vernünftige Lösung: Sie hat
den Hochstättergipfel noch nicht erreicht. Muss hinauf,
den Kontrollpunkt passieren. Mit der Cutzeit dürfte
es eng werden. Sie befindet sich an einem steilen Hang.
Das muss der Hochstätter sein, so viel ist sicher. Kaja
greift nach einem weiteren Beutel mit Energie-Gel. An
der nächsten Versorgungsstation wird sie sich mit dem
Zeug eindecken. Wenn sie noch eine Chance haben will,
das Ziel vor dem Zielzeitschluss um 18.30 Uhr zu erreichen, muss sie sich ranhalten. Sie hat grob gerechnet

noch einmal so viel Zeit, wie sie bereits verbraucht hat. Das könnte knapp werden, wenn sie sich nicht bald zurechtfindet. Also den Berg hinauf. Den Gipfel wird sie dann schon finden.

Sie atmet ein paarmal tief durch und steigert das Tempo. Die Beine machen mit. Auch der Kopf folgt. Wenngleich es Kaja vorkommt, als sei sie seltsam entrückt von der Welt um sich. Sie fröstelt. Rückt die Kappe zurecht. Mit den Temperaturen kommt sie klar, sie muss nur erst den richtigen Weg finden. Angst kriecht heran. Richtige Angst. Eben war da der Ärger über sich selbst an vorderster Stelle. Wie konnte sie so einen albernen Anfängerfehler begehen und nicht rechtzeitig und regelmäßig für Kalorien sorgen! Nun schiebt die Angst die Wut beiseite. Sie ist allein im Wald. Es ist neblig und sehr kalt. Sie sieht ihre Atemwolke vor ihrem Gesicht aufsteigen. Ihr Fuß pocht. Im Kreuz zieht es. Sie kreist die Arme, lockert den Nacken.

»Das wird schon«, murmelt sie leise vor sich hin. »Das wird schon.«

Es kommt ihr vor, als würde sie beobachtet. Als amüsiere sich jemand über ihre missliche Lage. Aber da ist niemand. Sie ist allein im Wald. Der Boden ist nass, Erde haftet an ihren Schuhen. Eine Krähe schreit. Vögel flattern auf. Unsichtbar, Kaja hört sie nur. Unwillkürlich zieht sie den Kopf ein. Sie versucht, die Steigung möglichst geradlinig zu nehmen. Nimmt die Hände zu Hilfe. Wenn es zu steil wird, bewegt sie sich ein Stück parallel zum Hang. Geht in Serpentinen. Es wird kälter. Ihre Hände sind nass und eiskalt. Die Temperatur liegt garantiert unter zehn Grad. Ihre Muskeln ziehen sich zusammen. Sie spürt Verspannungen in den Schultern. Der eigentlich leichte Laufrucksack kommt ihr plötzlich schwer vor. Ein heißes Getränk wäre von Vorteil, Kaja sieht förmlich eine dampfende Teetasse vor sich. Sie möchte fast danach greifen. Ab und zu wendet sie sich um, blickt den Weg zurück, den sie gekommen ist. Vielleicht wäre es besser gewesen zurückzugehen, um die Stelle zu suchen, an der sie falsch abgebogen ist. Doch damit hätte sie noch mehr Zeit verloren.

Während sie noch im Feld mitlief, achtete sie nicht auf die anderen Läufer. Nun fehlt ihr die Gesellschaft. Allein im Wald kommt sie sich verloren vor. Zusätzlich zu den Gefühlen von Angst und Unzulänglichkeit eine zermürbende Mischung. Dagegen hilft nur die Bewegung. Und das Ziel. Sie will auf den Hochstätter, zum Teufel. Das wäre doch gelacht! Kaja fängt an, leise eine Melodie zu summen. »Flowers« von Miley Cyrus. Ihr Trostlied, ganz am Anfang, als die Trennung von Jan noch frisch war. Es hatte sie angespornt, sich selbst Blumen zu kaufen. Für sich da zu sein. Ihre eigenen Themen voranzubringen. Sich selbst zu lieben.

In diesem Moment, im Wald, beruhigt die vertraute Melodie sie. Zugleich regt sich etwas in ihr. Ungläubigkeit. Liebt sie sich wirklich selbst? Nimmt sie sich wichtig? Ist sie ein einziges Mal allein tanzen gegangen? Oder hat sie im Gegenteil ihr Privatleben dem Job untergeordnet? Dem Erfolg, dem sie nachjagt, ohne ihn je zu erreichen? Kann sie sich wirklich mehr lieben, als Jan es tat?

Mit jedem Schritt meint Kaja, sich nicht mehr nur zum Hochstätter hochzukämpfen, sondern zu etwas, das sie vor Wochen noch »sich selbst« genannt hätte. Ihr Innerstes. Kaja muss fast lachen. Spöttisch. Höhnisch. Dieser Ultratrail – ist der nicht auch Teil des Selbstbetrugs? Nun steckt sie im Wald fest, mit einem Fuß, der nicht mehr will und nicht mehr kann. Noch gelingt es ihr, die Schmerzen zu ignorieren. Sie nimmt den Rucksack ab und sucht nach den Schmerztabletten. Schluckt zwei ohne Wasser.

Eine Frau, die sich selbst liebt und respektiert, würde das nicht tun, denkt Kaja. Doch aufgeben, das kommt nicht infrage. Selbstrespekt hat auch damit zu tun, dass man weitermacht. Das Ziel im Auge behält. Sie rutscht aus, fängt sich mit den Händen ab. Verdammt! Das hier ist nicht nur dämlich, sondern auch gefährlich. Wenn sie sich verletzt – wer soll sie hier finden? Sie blickt sich um. Plötzlich erscheint ihr der Wald unheimlich und zu still.

Sie erreicht eine Mulde, an deren Ende der Wald lichter wird. Checkt ihr Handy. Immer noch kein Empfang. Es riecht feucht hier. Modrig. Nach Pilzen. Nach Herbst. Die gestrige Hitze – nichts als eine Erinnerung. Unwirklich. Irrelevant. Dunst steigt auf, weiße Schlieren wabern zwischen den Bäumen. Kaja schaudert. Hinter der Mulde steigt der Berghang sehr steil an. Ob sie da hochkommt? Sie bleibt stehen, lauscht. Eine Krähe schreit. Von Menschen ist nichts zu hören. Sie kann sich doch nicht so weit von der Strecke entfernt haben. Nun hilft es nichts mehr. Sie muss weiter. Den Kontrollpunkt erreichen. Bloß nicht disqualifiziert werden. Das wäre wirklich das Letzte. Kaja stünde als Lachnummer da. Die Sportjournalistin mit den Ambitionen – bloßgestellt.

Sie durchquert die Mulde. Vögel fliegen auf. Sie hört das heisere Krächzen der Krähen. Eigentlich hat sie ein Faible für die schwarzen Vögel mit den intelligenten Augen. Nur warum hier so viele …

Die Antwort erhält sie im nächsten Moment.

Jemand liegt auf dem Waldboden. Auf einem Bett aus Fichtennadeln. Ein Läufer. Nein, eine Läuferin. Kaja erkennt das gelbe Beanie, das neben der Frau liegt, sie erkennt die Zöpfe, die ihr Aschblond eingetauscht haben gegen eine dunkle Farbe. Jählings bleibt Kaja stehen.

»Gine?«, flüstert sie.

Gine bewegt sich nicht. Gine ist tot. Aus ihrem Schädel ist eine helle Masse ausgetreten. Völlig leer starren ihre Augen in die Baumwipfel.

23.

Kaja möchte schreien. Doch aus ihrer Kehle kommt kein Laut. Einfach nichts. Sie ist so stumm wie der Wald. Völlige Stille umfängt sie, als sei sie taub geworden. Sie hat die Bodenhaftung verloren. Hat den Eindruck zu schweben, irgendwie abgekoppelt zu sein von der Welt.

Gine. Die Kopfverletzung. Die leeren Augen.

Ihr wird schlecht. Sie ist ein Stück gelaufen. Bleibt stehen, schaut zurück. Die Bäume verdecken das Grauen, das gute 500 Meter hinter ihr liegt. Die Krähen allerdings hört sie immer noch. Ihr Fuß schmerzt. Schon eine gute Weile hat sie das heftige Pochen im Knöchel ignoriert, nun dringt es mit voller Wucht in ihr Bewusstsein. Sie greift nach der Flasche, trinkt sie leer. Immer noch hat sie Durst. Brennenden Durst. Ihre Knie geben nach. Sie sinkt auf den Boden. Legt den Kopf in den Nacken und blickt zu den Baumwipfeln hinauf, die im Nebel verschwimmen.

Verdammt, der Fuß. Sie schiebt jeden Gedanken an die tote Gine weg, schnappt sich das Erste-Hilfe-Kit und bandagiert ihren Knöchel. Darin hat sie Übung. Sie muss die Schwellung im Zaum halten. Die einfachen Bewegungen – verbinden, Socke und Schuh anziehen, das Kit in den Rucksack packen – helfen ihr, zu sich zu kommen.

Sie hat Gine gefunden. Gine ist tot. Sie muss jemanden verständigen. Ein Blick aufs Handy bestätigt, was sie befürchtet hat: kein Empfang. Egal, wenn sie den Gipfel des Hochstätter erreicht, findet sie zum Kontrollpunkt. Das Wichtigste überhaupt, was sie jetzt braucht, sind andere Menschen und Unterstützung. Jemand, der die Dinge in die Hand nimmt. Kaja steht auf, probiert ein paar Schritte. Hinter ihr knackt ein Zweig. Sie fährt herum.

Mit einem Mal hallt die Stille im Wald. Und mit ihr kommt die Erkenntnis, die sie fast umwirft: Gine kann nicht einfach gestürzt sein. Kaja hat nirgendwo einen Stein gesehen, an dem sie sich dermaßen den Kopf hätte verletzen können. Nichts dergleichen. Einfach nur Fichtennadeln. Weicher Boden. Was bedeutet ... Kaja will das nicht zu Ende denken. Panik kriecht heran, richtet sich meterhoch auf, umkreist sie. Schlägt die Krallen in ihren Körper. Kaja zuckt regelrecht zusammen. Jemand hat Gine getötet. Und diese Person könnte noch in der Nähe sein. Jemand, der sie, Kaja, beobachtet. Weil sie Gines Leiche gesehen und die richtigen Schlüsse gezogen hat. Wie es absolut jeder Mensch tun würde. Gine wurde umgebracht. Mit voller Absicht.

Kaja holt tief Atem. Es beginnt leicht zu regnen. Nur ein feines Sprühen, das das dämmrige Tageslicht schluckt. Sie zupft an der Regenjacke. Bewegt den Problemknöchel. Sie muss hier weg. Muss irgendwo hin, wo Menschen sind. Das ist das Ziel. Den Trail kann sie vergessen.

Wieder bricht ein Zweig. Sie muss hier weg. Sofort.

24.

Sie hat den Ort, wo Gine liegt, umrundet und sich weiter den Hang hinaufgequält. Ihre Hosen sind durchnässt, auch die Schuhe. Ihre Füße sind nass und eiskalt, der Knöchel hämmert, trotz der Bandage. Doch sie hält durch. Der Kontrollpunkt kann nicht weit sein. Alle paar Minuten überprüft sie, ob ihr Handy Empfang hat. Nichts. Mit einem Mal lichtet sich der Wald. Eine Lichtung – oder ist dies schon der Gipfel? Sie ist im Bayerischen Wald, verdammt, nicht in der kanadischen Wildnis. Irgendwo muss wieder ein Weg, ein Wanderpfad auftauchen, an dem sie sich orientieren kann. Und tatsächlich: Sie erreicht losen Untergrund, nicht Waldboden. Keine Fichtennadeln, kein Gras. Sondern ganz klar ein Weg, der sich rechts und links in den Nebelschwaden verliert. Ob sie intuitiv auf die Trailstrecke zurückgefunden hat? Sie entscheidet sich, dem Pfad nach rechts zu folgen.

Die Hoffnung, bald auf andere Menschen zu treffen, beflügelt sie. Womöglich kann sie den Trail doch noch zu Ende bringen. Wobei … will sie das? Was ist da eigentlich mit ihr passiert? Wofür hat sie sich hergegeben? Für ein lausiges Interview? Wut kommt in ihr hoch. Auf Jutta, auf ihren Job, auf Almut Behring, auf Gine – sogar auf Gine! Sie macht ihren Knöchel kaputt, um einen Job zu behalten, der ihr auf die

Nerven geht. In dem sie sich weder geschätzt noch am richtigen Platz fühlt. Sie machen sechs Ausgaben im Jahr für *Sport&Berg*. Soll das wieder und wieder so gehen? Dass sie einknickt, wenn ihre Redakteurin sie kritisiert? Verurteilt? Ihr droht, sie auszumustern? Und wofür hat Gine sich hergegeben? Was ist da passiert im Wald?

Kaja hat Tempo zugelegt. Im Nebel kann sie nicht weit sehen. Vielleicht 20, 30 Meter. Die Landschaft verändert sich nicht. Sie spürt eine leichte Steigung. Also hat sie die Richtung, in der der Gipfel liegt, korrekt bestimmt. Bloß zeigt sich immer noch keine Markierung. Kein Kontrollpunkt. Keine Verpflegungsstation. Kein anderer Läufer.

Doch! Vor ihr schält sich eine gelbe Jacke aus dem Nebel. Vor Erleichterung wird Kaja fast schwindelig. Endlich. Sie schließt auf.

»Hi!«, keucht sie.

Der Läufer mit der Startnummer 750 dreht sich zu ihr um.

Floyd Brunner.

»Hallo!« Er grinst schief. Sein Gesicht ist nass vom Regen, das Haar liegt wie ein Pelz an seinem Kopf.

»Sind wir auf dem richtigen Weg?« Kaja ist unendlich froh, nicht mehr allein zu sein.

»Ich denke nicht. Ich habe mich verlaufen.«

»Ich mich auch!« Sie denkt an Gine. Holt tief Luft. Sie muss es loswerden.

Floyd ist schneller: »Wir müssen dicht am Gipfel sein. So ein Mist. Dieser Nebel ist eine echte Plage. Die haben mit den Markierungen gegeizt. Und ich schätze, wenn wir wieder weiter unten sind, wird diese Brühe noch dichter.« Er starrt auf ihren Fuß. »Hinkst du?«

Kaja winkt ab. »Ich habe …« Sie will reden. Sagen, dass sie Gine gefunden hat. Tot. So schwer verletzt, das kann niemand überleben. Aber all das, was da aus ihr heraus will, findet den Ausgang nicht.

Floyd scheint von ihrem Ausnahmezustand nichts zu merken. »Bleiben wir hintereinander. Der Kontrollpunkt muss bald kommen. Hast du ein Netz?«

Sie schaut auf ihr Handy. »Nichts.«

»Mist.«

Er bleibt hinter ihr. Kaja fällt in einen leichten Trab. Die Kälte, die Nässe, der Schmerz – fast scheint ihr das alles wie weggeblasen. Das Problem ist nur, dass der Pfad, auf dem sie unterwegs sind, nirgendwo hin zu führen scheint. Sie laufen und laufen. Im dichten Nebel gibt es keine andere Orientierung als diesen Weg, der sich immer weiter bergauf bahnt. Um dann wieder abzufallen.

»Da stimmt was nicht.« Kaja bleibt stehen. »Wir müssen bergauf, verflucht!«

Floyd prallt fast auf sie.

»Beruhige dich.« Er greift nach seinem Handy. »Die Offline-Daten geben nicht so viel her. Wir könnten auf diesem Weg hier sein.« Er hält ihr das Telefon unter die Nase. »Der sinkt ein Stück vor dem Gipfel in eine Vertiefung. In ein paar Minuten sollten wir wieder steigen.«

Kaja spürt, wie die Energie, die sie aus Floyds Begleitung geschöpft hat, verfliegt. Verzweiflung macht sich breit. Was, wenn der Knöchel nicht mehr will? Wie lange kann sie durchhalten? Es ist fast 14 Uhr.

»Die Cutzeit ist gar nicht mehr zu schaffen«, murmelt sie. Tränen treten ihr in die Augen.

»Du meine Güte! Reg dich doch nicht so auf!« Floyd fährt sich durch das nasse Haar.

Sie fragt sich, wo seine Kopfbedeckung ist. Hatte er nicht gestern diese Kappe von *Bergsport-TV* auf?

»Gine!«, platzt es aus Kaja heraus. »Gine ist tot.«

»Was?« Floyd starrt sie an. »Du bist ja komplett durchgeknallt.«

»Doch, sie lag da hinten.« Kaja macht eine fahrige Bewegung. »Ich habe sie gefunden. Sie hat eine Kopfverletzung, da waren Krähen. O mein Gott!«

»Sag mal … wann hattest du gedacht, mit dieser Nachricht rauszurücken?«

Kaja kämpft mit den Tränen. Schluckt und schluckt. Endlich bringt sie heraus:

»Was kannst du denn tun? Solange wir keinen Empfang haben oder am Checkpoint auflaufen, sind wir auf uns gestellt.«

»Mein Gott! Bist du sicher? Vielleicht … Hast du ihr den Puls gefühlt? Was frage ich da eigentlich.« Er schüttelt den Kopf. »Das ist grotesk.«

»Sie ist tot. Kein Zweifel.« Kaja blickt in Floyds blaue Augen.

»Ist sie gestürzt?«

»Kann gar nicht sein. Nie im Leben. Die Verletzung am Schädel sah schwerwiegend aus. Es ist Gehirnmasse ausgetreten. Aber weit und breit lag kein Stein, da war nichts, woran sie sich bei einem Sturz so den Kopf angeschlagen haben könnte.«

»Sag das nicht. Das kann man gar nicht beurteilen.«

Floyd schüttelt fassungslos den Kopf. »Manche Menschen verletzen sich im Gelände und schleppen sich noch kilometerlang weiter, bis sie zusammensinken und liegen bleiben.«

Kaja nickt langsam. Das hat sie nicht in Erwägung gezogen.

Und die knackenden Zweige? Dieses lähmende Gefühl der Angst? Dass jemand sie beobachtet?

Dem Schock geschuldet, denkt sie. Ganz klar. Sie zieht die Schultern hoch.

»Du hast recht. Lass uns weiterlaufen.«

»Deine Bandage ist aufgegangen.« Er zeigt auf ihren Knöchel.

»Fuck.«

»Warte, ich helfe dir.« Floyd kniet sich hin. Mit sicheren Bewegungen wickelt er die Bandage ab und befestigt sie neu. »Zu stramm?«

»Nein, sehr gut so.«

»Der Fuß schwillt an.«

»Die Bandage wird helfen.«

»Hast du an dem Fuß öfter Probleme?«

Kaja zieht die Schultern hoch. Ihr ist kalt. Floyds Frage ist ihr peinlich. Als sei es ihre Schuld, dass der Knöchel nicht mehr so will. Dass sie gegen Anatomie und Physik einfach nicht ankommt.

»Ich hatte einen Unfall. Ein Bus ist rechts abgebogen. Ich war mit dem Rad unterwegs und bin geradeaus gefahren. Der Fahrer hat mich nicht gesehen.«

»Die ganz große Scheiße, was?«

»Das kannst du laut sagen.« Vor allem, weil mein Freund danach mit mir Schluss gemacht hat. Wochenlang Krankenhaus, OPs, Reha. Alles kompliziert. Kaja hoffte auf Schmerzensgeld. Die Verkehrsbetriebe schalteten auf stur. Erst ein Anwalt, den Jan für Kaja organisierte, kochte sie weich. Die Sache ging vor Gericht.

»Früher habe ich Bikepackingtouren geliebt. Eine Woche on tour, das war mein Ding. Mittlerweile bin ich davon weg. Es ist fast nicht möglich, Straßen zu meiden. Fahrrad und motorisierte Fahrzeuge miteinander auf einer Fahrbahn, das geht nicht. Viel zu gefährlich.« Er richtet sich auf. Kurz verzieht sich sein Gesicht.

»Danke.« Kaja zieht den Schuh wieder an. »Und jetzt?«

»Weitergehen. Hilft ja nichts.« Floyd grinst schief.

25.

»Warte mal, Kaja! Ich glaub, ich habe ein Netz.«

Sie sind etwa eine Viertelstunde hintereinander her gelaufen. Kaja bleibt stehen.

»Echt?«

»Und wir liegen gar nicht schlecht. Allerdings führt dieser Pfad zu weit westlich wieder vom Hochstätter runter.«

»Also doch nicht der richtige Weg zum Gipfel!« Kaja spürt, wie Verzweiflung sie fast bewegungsunfähig macht. »Und jetzt?«

Floyd zeigt in den Nebel. »Kein Thema. Wir ziehen einfach hier rüber. Runter vom Weg. Durch den Wald. Dann wird es kurz steil, aber wir erreichen den Kontrollpunkt. Unter Garantie.«

»Ich habe keinen Empfang.« Ratlos blickt sie auf ihr Handy.

»Kommst du mit?«, fragt Floyd.

Kaja kann nur eines tun: sich auf Floyd verlassen. Gefühlsmäßig hatte sie schon eine Weile Zweifel an diesem Pfad. Sie müssen nach oben, nicht nach unten. So einfach ist das. Wenn nur dieser schreckliche Nebel aufreißen würde, wenigstens für ein paar Minuten, damit sie sich orientieren könnten. Stattdessen scheint er immer dichter zu werden. Die reinste Waschküche. Kaja zupft an der Bandage.

»Klar.« Alles, nur nicht wieder allein sein, ohne einen Schimmer, wie sie weitermachen soll.

»Also los.« Er verlässt den Weg und wandert durch das nasse Gras.

Kaja folgt.

»Kennst du Gine eigentlich?«, fragt sie.

»Wie man sich eben kennt in der Branche. Sie war mal bei uns am Sender.«

»Wirklich?«

»Sie hat sich Hoffnungen gemacht, groß rauszukommen. So wie Bruno Schlosser.« Er lacht. »Aber das lief nicht. Mal ehrlich: Sie hat kein Gesicht, das im Fernsehen ankommt. Das wird dir mitgegeben oder nicht. Und bei euch Frauen reagiert das Publikum noch strenger, was das Aussehen betrifft.«

»Vielleicht nicht das Publikum, sondern eher die Männer in den Chefetagen!« Kaja fällt auf, wie absurd diese Unterhaltung ist. Gine ist tot. Und die Krähen …

»Da gebe ich dir recht. Die Luft ist eben dünn beim Fernsehen, und die Konkurrenz ist allzeit bereit. Sie beschloss, ihr eigenes Ding zu machen, und fing mit dem Videoblog an.«

»*Gines Bergglück*.«

»Toll aufgemacht, muss man anerkennen.«

Ein Hang wird sichtbar, sehr steil, mit einer Reihe Felsen, die wie die Zinken eines Kamms nach oben stehen.

»Ich sehe mir ihre Beiträge oft an. Sie hat ein Händchen für Themen.«

»Hatte!«, fährt Kaja auf. »Sie ist tot.«

»Mein Gott. Wahnsinn. Ich kann das nicht glauben.«

»Denkst du, ich habe mir das ausgedacht?«

»Natürlich nicht. Ich glaube dir. Es – schockiert mich nur. Ich habe gestern nach dem Brand zufällig noch mal ihren Blog aufgerufen. Und da hat sie ziemlich die Hosen runtergelassen.«

»Was meinst du damit?«

»Sie hat sich verletzlich gezeigt, offen ausgesprochen, dass der Brand sie in einen Schockzustand versetzt hat. Sie hat geweint.«

Floyd zieht das Tempo an. Kaja beißt die Zähne zusammen. Sie muss einen Zahn zulegen, um mitzuhalten.

»Müssen wir wirklich da hoch?«

Floyd blickt auf sein Smartphone. »Jep.«

Sie kommen beide außer Atem. Kaja fällt zurück. Der Fuß schmerzt. Jeder Schritt ist eine Erinnerung, dass es nicht mehr weitergeht. Nur noch so lange, bis sie den Kontrollpunkt erreichen. Dort muss sie aussteigen. Es sei denn, sie will den Knöchel komplett ruinieren.

Damals, im Krankenhaus, ganz am Anfang, haben die Ärzte von Amputation gesprochen. Es war einfach zu viel kaputt. Hinzu kam eine üble Entzündung am Gelenk. Doch Spezialisten und ausgefeilte Operationstechniken haben den Fuß gerettet.

Ich kann dankbar sein, überhaupt noch zwei Füße zu haben, schießt es Kaja durch den Kopf. Am Leben zu sein! Die Sepsis hatten die Ärzte erst im dritten Anlauf unter Kontrolle bekommen. Alles hing am seidenen Faden. Und ich gebe meine Gesundheit hin für dieses verdammte Interview. Zorn wallt in ihr auf. Diese grässliche Jutta! Ein Raubtier ist sie, mitleidlos, unsensibel!

Eine, die nie mit sich reden lässt. Für die nur die Verkaufszahlen zählen.

Redaktionsmitglied zu sein, ist kein unabänderliches Privileg, Kaja.

Wütend stapft Kaja in Floyds Spuren weiter. Sie hält sich an Grasbüscheln und Ästen fest. Zu Königshäusern und B-Promis lässt sie sich nicht abschieben. Sie will nach Grenoble, unbedingt. Jeder Schritt, den sie hier tut, führt sie nach Frankreich. Irgendwie wird sie das Interview führen. Sie wird eine Story haben, anyway.

Kaja verheddert sich mit dem guten Fuß im Gestrüpp und fällt hin. Rutscht ein Stück die Steigung hinter. Klammert sich irgendwo fest. Ein scharfer Schmerz schießt durch ihr Handgelenk.

»Shit!«

»Was ist?« Floyds Stimme scheint fern.

Sie sieht hoch. Er ist weit über ihr, fast an der Felsenreihe.

Tränen rinnen ihr übers Gesicht, als sie sich auf die Knie kämpft. Auf allen vieren robbt sie wieder weiter, bergauf. Ihre Hand blutet. Gut so. Das reinigt die Wunde. Sie hat keine Zeit, keine Nerven, keine Kraft, die Wunde anzusehen. Geschweige denn sie zu verbinden. Es muss so gehen. Der Kontrollpunkt kann nicht mehr weit sein.

Im Verlag wird sich schon ein Plätzchen für dich finden, wenn es bei Sport&Berg *einfach nicht klappen will.*

Zum Teufel mit Jutta. Zum Teufel mit diesem Job. Mit den Kämpfen, die sie geführt hat, um anzukommen, wo sie jetzt steht. Oder besser kniet. Im Wald. Durchnässt, frierend, verletzt. Abseits aller Markierungen.

»Kaja, hast du dir wehgetan?«

Floyd steht neben einem dünnen Bäumchen, hält sich am Stamm fest. Blickt zu ihr herunter.

»Nicht weiter schlimm.« Sie schließt zu ihm auf.

Er sieht das Blut.

»Zeig mir mal deine Hand.«

»Komm, lass. Klettern wir lieber weiter.«

»Willst du dich zugrunde richten?«

Seine Fürsorge macht sie ungeduldig. Wahrscheinlich befindet sich der Kontrollpunkt ganz nah, sie müssen nur noch an den Felsen vorbeikommen.

»Zeig mir mal dein Handy. Wo sind wir jetzt?«, fragt sie.

Er hält es ihr hin. Sie starrt auf den Bildschirm.

»Kein Netz.«

Er zeigt auf das Blut an ihrer Hand. »Du hast einen Schnitt hier. Ein Dorn vielleicht.«

»Egal. Kein Problem.« Sie zieht ihre Hand weg. »Das Netz ist wieder weg.«

»Macht nichts. Wir finden jetzt auch so auf den Gipfel.«

Kaja richtet den Blick auf die Felsen über ihnen. Nass und schwarz hocken sie da, umwabert von Nebelschlieren. Sie konzentriert sich. Der Hang ist steil. Rutschig. Aber sie ist trainiert, und die Strecke kann nicht mehr lang sein. Sie wird das hinkriegen.

Und danach schafft sie klare Verhältnisse mit Jutta.

26.

»Gestern, bei diesem Feuer – da hatte ich einen Moment einen richtigen Flashback.« Floyd hat sich bis auf die Höhe der Felsen hochgekämpft. »Wir hatten mal einen Brand beim Sender. Das war echt ein Desaster. Eine Technikerin und ich sind gerade noch rausgekommen. Überall knallten die Brandschutztüren. Es stank nach Rauch.«

Kaja wischt sich übers Gesicht. Hose und Shirt kleben an ihr.

»Was meinst du – was ist da gestern passiert?«

»Ich habe keinen Schimmer. Dass da überhaupt irgendwer ein Lagerfeuer gemacht hat! Vollkommen irre, so trocken, wie das Gras war und alles.« Floyd lässt seinen Blick entlang der Felsreihe schweifen. »Damals, als es beim Sender brannte, hat es einige Leute ganz schön erwischt. Rauchvergiftung und Schock. Die halbe Belegschaft war im Krankenhaus. Gine war auch total ausgeknockt.«

Kaja klammert sich an einen schmalen Vorsprung an einem der Felsen. Überall wuchert Dickicht. Die Feuchtigkeit macht den Stein glitschig.

»Sie kam erst nach Wochen wieder zur Arbeit.« Floyd stöhnt auf. »Ich kann dir sagen, ich habe nicht viel geschlafen heute Nacht. Und Gine wahrscheinlich erst recht nicht. Ich meine, im Schock hat sie die ganze Öffentlichkeit an ihrem Trauma teilhaben lassen.«

»Wie kommen wir über die Felsen?« Kaja kann keine Lücke erkennen, die breit genug wäre, um durchzuschlüpfen. Drüberklettern ist auch keine Option. Die Steine sind zu hoch, zu nass, zu glatt. Keine Möglichkeit, sich festzuhalten.

Floyd scheint dasselbe zu denken.

»Tja, Griff ins Klo, was?«

»Hast du ein Netz?«

Er checkt sein Handy. »Nein. Rechts oder links?«

Der Punkt ist: Kaja hat keine Ahnung. Sie nimmt den letzten Energieriegel aus dem Rucksack. Sie wollte Gewicht sparen und hat auf die Versorgungsstationen vertraut. Unerhebliche Dinge für wichtig gehalten. Wie ein Interview mit einer Ultratrailberühmtheit.

»Hast du auch eine Abmachung mit Almut Behring?«

Er lacht. »Die Reporter werden sich heute Abend um sie reißen. Almut ist sicher nicht vom Weg abgekommen. Obwohl ich finde, dass sie nicht mehr die Nummer eins ist. Da gibt es andere, die mehr draufhaben.«

Kaja deutet nach links. »Versuchen wir diese Richtung?«

»Jacke wie Hose, oder?« Floyd zuckt die Achseln.

»Ich kann nicht glauben, dass du so gleichgültig bist.«

Er sieht ihr zu, wie sie heißhungrig in den Riegel beißt.

»Was willst du sonst tun? Würfeln? Oder einen Notruf absetzen? Wir mussten alle eine Signalpfeife mitnehmen. Du kennst das alpine Notsignal.« Er zieht eine Pfeife aus seiner Tasche. »Sechs Signale innerhalb einer Minute. Eine weitere Minute Pause. Und wieder von vorn.«

Kaja starrt Floyd wütend an. »Ich gehe links weiter.«

»Ich hänge mich an.«

Die kurze Pause hat Kaja neue Kraft gegeben. Wie lange der Schub anhält, steht in den Sternen. Immerhin gehen sie jetzt parallel zum Hang und müssen keine weitere Steigung verkraften. Kaja spitzt die Ohren. Sie hofft, jenseits der Felsenreihe auf andere Läufer zu treffen. Floyd schließt dicht auf. Seine Nähe ist ihr mit einem Mal unangenehm.

»Stimmt eigentlich das Gerücht?«, fragt sie.

»Welches Gerücht?«

»Dass du Bruno Schlosser nachfolgst?«

»Fängst du schon wieder damit an? Wo hast du das denn her?«

»Von Gine.«

»Wie bitte?«

»Du wärst drauf und dran, Bruno fertigzumachen.«

»So ein Quatsch. Gine hat sich Hoffnungen auf seinen Job gemacht. Ich habe nicht die geringste Lust, mich auf so einen Schleudersitz zu begeben. Was glaubst du: Sobald die Einschaltquoten nicht bringen, was die Chefs erhofft haben, fliegst du wieder. Und dann bist du verbrannt.«

Kaja nickt nur. Sie hätte gar nicht davon anfangen sollen.

»Außerdem solltest du ja deine Erfahrungen mit Bruno haben.«

»Ich?«

»Ich sage nur: Presseball.«

In Kajas Ohren beginnt es zu rauschen. »Presseball?« Sie dreht sich zu Floyd um.

»Obacht!«

Seine Warnung kommt zu spät. Kaja rutscht ab. Sie stürzt, rollt, immer schneller, bis sie mit der Hüfte gegen einen Baumstamm prallt. Das Licht scheint auszugehen. Sie schließt die Augen. Zeitversetzt kommt der Schmerz.

27.

Presseball. Presseball. Presseball.

Unter Kajas Schädeldecke wummert das Wort wie ein voll aufgedrehter Bass. Sie öffnet die Augen. Sieht Baumwipfel über sich, Nebelschlieren. Es tropft von den Zweigen.

Presseball. Presseball. Presseball.

»Kaja?«

Floyds Stimme bricht durch das Hämmern, sie kommt Kaja leise und fern vor. Allerdings schiebt sich gerade der Kopf des Reporters in ihr Sichtfeld. »Bist du okay?«

Sie kann nicht antworten. Ihre Stimme versagt. Sie öffnet den Mund. Es kommt kein Ton. Gar nichts.

»Trink einen Schluck Wasser.«

Eine Flasche wird an ihre Lippen gehalten. Sie versucht zu schlucken. Das meiste Wasser läuft über ihr Kinn.

»Lass.«

»Verdammt, das war ein langer Sturz. Schau mal da hoch!« Floyd zeigt bergauf.

Doch in Kajas Bewusstsein entwickelt sich gerade eine andere Frage als die, wo der Trail verläuft, und wie sie wieder auf den richtigen Weg kommen sollen.

»Was meintest du damit, ich müsste Bruno vom Presseball kennen?« Die Worte kommen heiser und abgehackt.

»Na, du bist ja cool drauf. Gleich wieder Anschluss

an das Gespräch suchen, wie? Wir müssen lieber überlegen, wie wir hier wegkommen. Es ist schon nach 15 Uhr, falls es dich interessiert.«

Kaja merkt erst jetzt, dass Floyd eine Rettungsdecke über sie gebreitet hat.

»Haben wir Handyempfang?«

»Nichts dergleichen.« Trübsinnig starrt Floyd auf sein Telefon.

Kaja greift in die Hosentasche. »Verdammt. Mein Handy ist weg.«

»Wäre nur logisch, wenn du es verloren hättest. Du bist von da oben bis hier runter gekullert. Meine Güte, ich habe gedacht, das überlebst du nicht!« Seine Stimme klingt ehrlich schockiert.

In dem Fall wäre ich die zweite, die den Ultratrail am Arber nicht überlebt, denkt Kaja. Sie versucht, sich aufzurichten, doch der Schmerz in der Hüfte ist zu heftig. Also rollt sie sich auf die gute Seite.

»Pass auf«, sagt er. »Ich sehe zu, dass ich diesen scheiß Hang wieder hochstapfe und irgendwie über die Felsenreihe klettere. Dahinter muss es zum Gipfel gehen. Ich bin mir ganz sicher. Sobald ich beim Kontrollpunkt bin, organisiere ich Hilfe.«

Vorsichtig zieht Kaja die Beine an. Sie will mit. Sie will nicht allein hier im Wald liegen. Auf gar keinen Fall. Bis jemand merkt, dass sie fehlt … auch wenn Floyd … die Gedanken überstürzen sich, rollen über sie hinweg. Ihr Kopf brummt.

»Wieso hast du vom Presseball gesprochen?«

»Du warst dort, oder?«

»Haben wir uns dort gesehen, Floyd?«

»Na, wahrscheinlich. Man läuft bei diesen Events so vielen Menschen über den Weg ...«

Kaja kann sich nicht entsinnen, Floyd getroffen zu haben. Doch Bruno. Bruno Schlosser ... Etwas flirrt in ihrem Gedächtnis. Ein Gedanke, vielleicht auch nur ein visueller Eindruck.

»Wir haben uns nicht getroffen. Ich kann mich nicht an dich erinnern.« Kaja schüttelt langsam den Kopf.

»Na, dann bin ich dir halt nicht aufgefallen. Anders als der forsche Bruno Schlosser.«

Kaja versteht ihn nicht. Sie hört, was er sagt, aber die Bedeutung des Ganzen ist ihr ein Rätsel. Bruno Schlosser. Presseball.

In der Nähe krächzt ein Vogel.

»Fuck!«, flüstert sie.

Gines toter Körper ... ihre Angst nach dem Feuer am Abend zuvor. Ihre Tränen. Das Zelt auf dem Campingplatz. Kaja schließt die Augen.

Floyd sagt etwas. Seine Stimme dringt nicht durch den Nebel in ihrem Kopf. Vielleicht hat sie eine Gehirnerschütterung.

Floyd ist drauf und dran, dich fertigzumachen. Der drängt dich raus. Du kriegst kein Bein mehr auf die Erde. Also überleg's dir, alter Mann.

Den »alten Mann« nimmst du zurück, Schätzchen. Morgen auf der Strecke werden wir ja sehen, wer von uns beiden den längeren Atem hat.

»Du willst Brunos Job, oder?«

»Sag mal, bist du irgendwie besessen? Wir sollten lieber mal checken, ob du verletzt bist.«

Kaja zieht die Rettungsdecke weg. Sie zittert.

»Du willst Bruno Schlosser rausdrängen.«

»So ein Quatsch. Ich hab's dir schon gesagt: Sein Job ist ein Schleudersitz. Nichts für mich. Gine will zurück zum Sender. So sieht es aus.« Floyds Gesicht ist ganz rot. »Und dafür ist ihr jedes Mittel recht.«

»Gine ist tot.« Kaja drückt eine Hand auf ihren Mund. Ihr ist schlecht. Also doch eine Gehirnerschütterung. Sie kann alles knicken. Den Trail, das Interview, ihre Stelle. Grenoble. Wenn sie ihr Handy noch hätte, wenn sie Empfang hätte, könnte sie Jutta sofort anrufen.

»Hör zu. Ich mache mich auf den Weg. Sobald ich den Kontrollpunkt erreiche, schicke ich die Bergwachtler zu dir.« Er wirft seinen Rucksack über die Schulter.

Sie will schreien: Nein, geh nicht. Lass mich nicht allein. Doch sie ist völlig kraftlos. Während Floyd bereits den Hang hochklettert, kämpft sie sich auf die Knie. Sie hält sich am nächstbesten Baumstamm fest, zieht sich hoch. Der Schmerz überflutet sie. Kaja fällt auf den nassen Waldboden. Sie kommt hier nicht mehr weg. Nicht auf ihren zwei Beinen.

28.

Ob Gine sofort tot war?

Kaja hat sich unter die Rettungsdecke gekuschelt. So bleibt sie einigermaßen warm. Vermutlich nicht lang. Sie kann nur darauf hoffen, dass Floyd den richtigen Weg findet und die Bergwacht informiert. Sie ist raus aus dem Spiel. Der Ultratrail ist für sie beendet. Vergeblich versucht sie, der Stelle auf die Spur zu kommen, an der sie sich verlaufen hat. Nur, um ihre Gedanken zu beschäftigen. Es spielt keine Rolle mehr. Sie nimmt noch zwei Schmerztabletten.

Wenn ich mich nicht verlaufen hätte, hätte ich Gine nicht gefunden …

Wieder läuft das Chaos in ihrem Kopf an. Eine gigantische Staubwolke, in der Tausende von Gedankenschnipseln rotieren, ohne dass Kaja verstehen würde, was sie so beunruhigt. Natürlich, da ist der Schock, Gines toten Körper gefunden zu haben, die Verachtung sich selbst gegenüber, weil sie sich nicht richtig orientieren konnte. Doch hinter all dem kreiselt noch etwas. Etwas, das sie nicht greifen kann.

Irgendwann hat sie den Eindruck, dass die Schmerzen nachlassen. Sie richtet sich auf, die Rettungsdecke über die Schultern gelegt. Vorsichtig steht sie auf. Beine und Hüfte machen mit. Der schlimme Knöchel protestiert.

In welche Richtung ist Floyd gegangen? Konzentriert

blickt sie bergauf. An den Felsen links oder rechts? Es kommt ihr so vor, als sei der Nebel weniger dicht.

Der Presseball ... Bilder schalten sich vor ihre Augen. Eine Sitzecke, Fingerfood. Eiskalter Chardonnay. Der kurze Plausch mit Jens Adler.

Sie können doch nicht immer Rucksäcke und Zelte testen, nicht wahr?

Wenn ich hier verrecke, kann ich nicht einmal mehr das. Kaja starrt den Hang hinauf. Sie sieht, wo sie heruntergerutscht ist. Abgebrochene Zweige, aufgewühltes Laub. Wahnsinn! Und dennoch stehe ich wieder auf meinen beiden Beinen. Sie macht ein paar Schritte. Hat sie Floyd auf dem Presseball gesehen? Warum beunruhigt sie das so?

Ist sie Floyd vor oder nach ihrem Filmriss begegnet? Warum leugnet Floyd, Bruno Schlossers Job anzustreben?

Es spielt keine Rolle, mahnt sie sich. Spar dir deine Kräfte.

Die Rettungsdecke immer noch um die Schultern, steigt sie Schritt für Schritt den Hang hinauf. Irgendwie kommt sie voran. Obwohl sie viele Male stehen bleibt, um Atem zu schöpfen. Nirgendwo ist ihr Handy zu sehen. Wer weiß, wo das Gerät hingeschleudert wurde, als sie hier ohne jede Kontrolle herunterstürzte. Wie lange sie braucht, um die Felsreihe zu erreichen, weiß sie nicht. Jedenfalls berühren ihre Finger endlich den nassen Stein genau da, wo sie den Halt verlor. Sie dreht sich nach links und geht weiter. Tief atmend wischt sie jeden Gedanken an etwas anderes als ihre Balance beiseite. Sie muss das Gleichgewicht halten. Irgendwo wird sie durchkommen und endlich endlich endlich zur Kontrollstelle finden. Floyd hatte vorhin Netz, es muss einfach stimmen. Der Gipfel kann nicht weit sein. Falls es überhaupt einen Gipfel gibt. Und eine Kontrollstelle. Womöglich ist dies hier ein absurdes Theaterstück, ein Kampf um etwas, das gar nicht existiert.

Wie weit hat es Floyd mittlerweile geschafft? Suchen sie vielleicht schon nach ihr? War es klug, den Ort, wo er sie zurückgelassen hat, zu verlassen? Hat er überhaupt Bescheid gegeben, dass sie Hilfe braucht?

Kajas Herz macht einen Sprung. Normalerweise ist sie nicht so argwöhnisch.

Außerdem solltest du ja deine Erfahrungen mit Bruno haben. Ich sage nur Presseball.

Ich habe keine Erfahrungen mit Bruno. Sie leckt sich über die Lippen. Sie sind spröde, trocken. Der Knöchel hämmert gegen die Betäubung mit Schmerztabletten an. Immerhin verzieht sich der Nebel zusehends. Kaja kann nun weiter sehen. Sie erkennt, dass die Felsen kleiner werden. Kommt an eine Stelle, wo ein Spalt zwischen zwei kaum hüfthohen Steinen klafft. Genau hier muss auch Floyd durchgekrochen sein. Es scheint einfach, durch die Lücke zu kommen. Kaja umklammert den Stein mit beiden Händen, setzt den guten Fuß auf einen winzigen Vorsprung. Stemmt sich hoch. Mit aller Kraft zieht sie ihren Körper so weit hinauf, dass sie mit dem einen Bein durch die Lücke steigen kann. Rittlings sitzt sie auf dem niedrigeren Fels. Zieht das andere Bein nach. Springt ab, wobei sie darauf achtet, den verletzten Fuß so wenig wie möglich zu belasten. Sie fällt auf ein weiches Bett aus Laub.

Wie kam Floyd auf Bruno? Ich habe ihn nach Bruno gefragt. Er hat abgestritten, hinter Brunos TV-Format her zu sein. Und es ist auch egal! Sicher kommt es in jedem Sender wie in jeder Redaktion ständig zu Hahnenkämpfen zwischen Männern, die um dieselbe Beute konkurrieren.

Kajas Knie zittern. Sie ist dehydriert und braucht dringend Kalorien. Auf allen vieren robbt sie ein Stück weiter, bis sie endlich aufrecht steht und weitergehen kann. Immer noch bergauf, doch die Steigung ist längst nicht mehr so steil wie zuvor.

Aus den Augenwinkeln sieht sie etwas aufblitzen. Sie wendet den Kopf verspätet, ihre Reaktionen sind verlangsamt. Der Mangel an Zucker.

Verblüfft macht sie ein paar Schritte zur Seite.

»Das kann nicht sein!«, ruft sie laut.

Eine Krähe antwortet ihr mit einem heiseren Schrei.

Da liegt ihr Handy, unter einem morschen Ast, auf Moos.

29.

Vreni schließt den Reißverschluss ihrer Hardshelljacke, ehe sie das Tablet nimmt und zu Markus hinübergeht. Sie haben ihr Hauptquartier nahe der Arber-Talstation in den Räumen des Skiverleihs eingerichtet. Es ist kalt im Raum, der Temperatursturz hat es in sich. Wenn Vreni aus den breiten Fenstern schaut, kann sie hinter dem Wolkenschleier die Straße kaum sehen. Alles scheint grau, völlig farblos.

Markus telefoniert gerade. Auf seiner Stirn stehen Schweißperlen. Er führt zurzeit ständig Dauergespräche und zeigt dem Team sehr deutlich, dass er Kritik daran nicht hinnehmen wird. Vreni hat gute Ohren. Die Telefonate finden in der Dienstzeit statt und sind privat. Allerdings benutzt Markus sein Diensthandy dafür. Wahrscheinlich fühlt er sich dazu berechtigt. Er ist von Kindheit an vorn mit dabei und seit ein paar Jahren der Kopf ihres Teams. Gegenstimmen haben bei ihm selten eine Chance. Was Markus sagt, wird gemacht. Bislang lag er auch in seinen Entscheidungen nicht daneben, findet Vreni. Die Sache mit dem Brand allerdings könnte die Kräfteverhältnisse verschieben.

Die Polizei war den ganzen Vormittag in der Gegend. Schon in der Nacht wurden Spuren gesichert, Zeugen befragt. Das Feuer hat zum Glück niemanden ernsthaft verletzt. Deshalb entschloss sich der Rennleiter auch, den Lauf zu starten. Nicht auszudenken, wenn jemand gestorben wäre! Etwa ein Dutzend Läufer haben sich vom Trail abgemeldet. Einige kamen erst gar nicht an den Start. Bislang gibt es keine Hinweise, wer das Lagerfeuer überhaupt anzündete. Eine Erlaubnis dafür wurde nicht beantragt. Eine Genehmigung hätte es auch nie gegeben! Die Polizei ist Markus auf die Zehen getreten. Warum er nicht sofort anordnete, dass das Lagerfeuer gelöscht wurde. Die Imbissleute, die ihre Buden verloren haben, sind stinksauer. Haftungsfragen stehen im Raum. Kein Wunder, dass Markus hochdreht. Er steht auch noch unmittelbar vor seiner Bergführerprüfung. Neben der Arbeit bei der Bergwacht eine echte Herausforderung. Womöglich ein bisschen zu viel des Guten. Auch die anderen Kolleginnen und Kollegen sind ungewohnt nervös. Einige tigern immer wieder durch den Raum, raus zu den Autos, in den Zielbereich, wo die ersten Läufer frühestens in einer Stunde erwartet werden. Wieder zurück ins Hauptquartier.

Endlich hat Markus sein Telefonat beendet. Missmutig starrt er auf das Handy in seiner Faust.

»Markus?« Vreni hält das Tablet hoch. »Hast du eine Minute?«

»Hast du ein Ladekabel? Ich bin auf fünf Prozent.«

»Dahinten liegen welche.« Vreni zeigt zum Arbeitstisch, wo sie sämtliche Unterlagen und die Laptops in Stellung gebracht haben. Ein paar Reporter sitzen an dem für sie aufgebauten Tisch und tippen eifrig.

Markus marschiert los. Sie folgt ihm. Sie ist klein, schmal, quirlig. Es nervt sie, dass er sie einfach stehen lässt. Lässt sie nicht mit sich machen. Sie nicht.

»Hör mal, Markus, der Rennleiter hat uns eine Mail rübergeschickt. Sechs Leute sind nicht an der Kontrollstelle am Hochstätter durchgelaufen. Die Cutzeit war 14.30 Uhr.«

»Das ist nicht mein Problem. Soll er sie disqualifizieren.«

»Und wenn denen was passiert ist?«

»Hat jemand einen Notruf abgesetzt oder unsere Notfallnummer gewählt?«

»Bisher nicht. Da oben ist ja nicht überall Empfang.«

Markus stöpselt sein Handy in die nächstgelegene Steckdose. Als er sich aufrichtet, verzieht er das Gesicht.

»Rückenschmerzen?«, fragt Vreni mitfühlend.

»Vergiss es. Wir starten keine Suche, wenn kein Notruf eingeht.«

Vreni ist damit nicht zufrieden. Sie tippt auf das Tablet, ruft die Liste mit den Namen und Startnummern der abgängigen Teilnehmer auf.

»Thomas Auferbach, Nummer 471, Floyd Brunner, Nummer 750, Kaja Erlach, Nummer 560, Regine Frey, Nummer 404, Bruno Schlosser, Nummer 761 und Lieselotte Zumwinkel, Nummer 333.«

»Fuck, ja.«

»Disqualifiziert sind sie ohnehin, das geschieht automatisch. Wir müssen was unternehmen.«

»Nein.«

»Du weißt genau, dass wir dazu verpflichtet sind, Markus, wenn Teilnehmer die Kontrollstellen nicht passieren und sich auch nicht abmelden. Lieselotte Zumwinkel ist knapp 70.«

»Das ist ihr Problem.«

137

»Wegen der Kosten musst du dir keine Gedanken machen, die werden den Leuten in Rechnung gestellt!« Vreni kann einfach nicht glauben, wie dickfellig er ist. Zumal sie zu denjenigen gehört, die den Papierkram zu erledigen haben. Nicht er. »Diese Leute sind vielleicht in einer gefährlichen Lage. Erschöpfung, der Wetterumschwung …«

Sie denkt an Kaja. Wegen des ungewöhnlichen Namens ist ihr die Frau in Erinnerung geblieben. Sie hat ihr mit der schweren Sackkarre geholfen, vorgestern erst. Irgendwie wirkte sie auf Vreni nervös. Unausgegoren. Als zweifle sie daran, ob sie überhaupt laufen sollte.

»Floyd Brunner und Bruno Schlosser. Das sind doch die Typen vom Fernsehen«, sagt sie mehr zu sich selbst.

Markus merkt auf. »Schlosser?«

Klar, der hat vor zwei Tagen das Interview mit dir gemacht, denkt Vreni, wollte einfach einen O-Ton von einem Bergwachtler. Und du hast dich vorgedrängt. Wie immer.

Sie behält ihre Gedanken für sich.

Ein Kollege schließt zu ihnen auf. »Markus, ein Teilnehmer hat gerade angerufen. Er hat die Cutzeit am Hochstätter nicht geschafft.«

»Wie heißt er?«

»Auferbach, Thomas. Die Kollegen am Kontrollpunkt bringen ihn mit runter. Er hat sich noch auf den Hochstätter geschleppt, obwohl er kurz vorm Zusammenklappen war. Blöderweise hatte er keinen Handyempfang da oben und wusste nicht, wie er zurückkommen soll.«

Vreni sieht Markus erwartungsvoll an.

»Also gut, verdammt, die anderen fünf, die sich nicht abgemeldet haben, die werden wir schon finden«, grummelt Markus.

»Es ist Nebel da oben. Stellen wir das Team zusammen?«

Vreni rückt an ihrer Kappe. Sie freut sich fast darauf, aus dem Hauptquartier rauszukommen und nach den Leuten zu suchen.

Action am Berg. Das ist ihr Ding.

30.

Kaja steht ein paar Augenblicke einfach nur da. Starrt auf das Handy, ehe sie sich bückt. Es ist ihr Handy, ganz klar. Sie entsperrt den Bildschirm. Alles, wie es war. Kein Netz. Sie sieht sich um. Warum hat Floyd ihr Handy …

Er muss das Telefon gefunden haben, als er sie allein ließ und den Hang wieder hochstieg. Ganz klar. Doch warum hat er sie nicht gerufen? Sondern es einfach eingesteckt? Sie lässt den Blick zwischen den Bäumen umherschweifen. Ist er noch in der Nähe? Hat er das Handy weggeworfen – oder einfach verloren? Mit aller Macht versucht sie, die aufsteigende Panik zurückzuhalten. Sie lauscht. Es ist verdammt still im Wald. Floyd spielt mit gezinkten Karten. Seine Fürsorge für ihren Knöchel und nach dem Sturz. Alles nur Schein?

Ich war einfach zu froh, jemanden getroffen zu haben. Nicht mehr allein umherzuirren. Die Erkenntnis trifft Kaja wie ein Hammerschlag: Der Reporter hatte gar nicht die Absicht, Hilfe zu holen. Im Gegenteil: Er wollte sie liegen lassen, im Wald, verletzt, unterkühlt. Ohne Kontakt zur Außenwelt. In Kajas Kopf beginnt es zu rauschen. Wie kam es, dass sie auf Floyd stieß? Plötzlich tauchte seine gelbe Jacke zwischen den Bäumen auf. Startnummer 750. Sie kann sich nicht mehr erinnern, wie weit entfernt von Gines Leiche das war. Bedeutet es, dass Floyd …?

Wenn Gine Brunos Job wollte, wird ein Schuh draus. Floyd will diesen Job entgegen allen Behauptungen anscheinend auch. Kaja wird schwindelig. Sie muss aus diesem Wald raus. Braucht freie Sicht, einen Kontakt, die Bergwacht. Sie braucht medizinische Hilfe. Ihr Fuß hält der Belastung nicht mehr lange stand. Die Kopfschmerzen steigern sich. Wenigstens die Übelkeit ist abgeflaut. Sie sieht auf die Uhr: 16.15 Uhr. Mittlerweile sind schätzungsweise zwei Drittel der Trailteilnehmer ins Ziel eingelaufen. Für Kaja ist es aus. Sie kann sich keine Hoffnungen mehr machen, das Ziel überhaupt zu erreichen, geschweige denn vor dem Zielzeitschluss.

Wieso ist sie eigentlich abgerutscht und den Hang hinuntergestürzt? Was hat sie da so aus dem Takt gebracht? Kaja ist eine erfahrene Outdoorläuferin. Eine, die nicht so schnell unachtsam wird, auch nicht in schwierigem Gelände. Irgendwas hat Floyd gesagt. Sie presst die Finger an die Schläfen.

Ich sage nur: Presseball.

Ein Schluchzen ringt sich aus ihrer Kehle. Sie drängt es weg. Dieser verdammte Presseball! Kurz vor ihrem Sturz hat Floyd gesagt, sie, Kaja, müsste ihre Erfahrungen mit Bruno haben.

Mit Bruno? Beim Presseball?

Anzunehmen, dass Bruno Schlosser beim Presseball war. Und vermutlich auch Floyd.

Wenn Floyd sie reinreiten wollte, hat er dann nicht nur das Handy eingesteckt, sondern sie auch sonst belogen? Sie blickt zurück zu den Felsen, die sie mit enormer Anstrengung überwunden hat. Ist das gar nicht die richtige Richtung? Hatte er gar kein Netz? Obwohl er es behauptete? Sie nimmt sich ihr Handy vor. Weil sie offline ist, kann sie ihre Position nicht exakt bestimmen, aber sie hat die Stelle, wo sie zuletzt mit einem Netz verbunden war. Anschließend hat sie sich nur an der Steigung orientiert. Wenn sie, statt auf den Hochstätter zu steigen, auf den Schneiderberg gewandert ist? Sie vergrößert die Landkarte. Die markante Felsenreihe ist nicht eingezeichnet.

Sollte Floyd sie absichtlich falsch geführt haben … Kaja schüttelt den Kopf. Ihre Kräfte gehen zur Neige. Sie kann nicht mehr lange so weitermachen. Sie braucht etwas zu essen und zu trinken. Auch Floyd kann nicht ewig quer durchs Gelände irren. Falls er allerdings genau weiß, dass die Route, die sie einschlugen, falsch ist, findet er nun relativ schnell auf den richtigen Weg zurück.

Kaja blickt sich um. Sie sucht den Waldboden nach Spuren ab. Nach Schuhabdrücken, zertretenen Zweigen, abgerissenem Laub. Irgendetwas, das ihr einen Hinweis gibt, wo Floyd weitergelaufen ist. Er könnte ganz in der Nähe sein. Sie beobachten. Abwarten, was sie tut. Und was ist mit Gine? Kaja ist Floyd nicht weit von Gines Leiche begegnet. Wusste er bereits, dass sie tot war?

Kaja weiß nur eines: Sie kann ihm nicht trauen. Auf gar keinen Fall.

31.

Kaja läuft weiter bergauf. Die Rettungsdecke hat sie in den Rucksack gestopft. Sie schwitzt. Das ist der Unterzucker. Ihr Körper gibt alles, um Reserven bereitzustellen. Zumindest hat sie jetzt eine Hoffnung. Sie hat die Offline-Karte in ihrem Handy genau studiert. Wenn sie richtigliegt und die ganze Zeit gar nicht den Hochstätter hinaufstieg, kann es sich nur um den Schneiderberg oder den Hörndl gehandelt haben. Beide sind etwa gleich hoch wie der Hochstätter. Doch zum Schneiderberg hätte sie im Prinzip eine 180-Grad-Drehung machen müssen. In die Richtung zurücklaufen, aus der sie gekommen war. Das ist unwahrscheinlich. Es ist eher zu vermuten, dass sie vor dem Hochstätter zu früh abgebogen ist und gleich zum Hörndl weiterlief. Fälschlicherweise, denn der Hörndl liegt nach dem Hochstätter auf ihrer Strecke. Deswegen sind hier auch nirgendwo Markierungen. Sie klammert sich an diese Theorie, während sie das Tempo beschleunigt. Immer wieder kontrolliert sie, ob ihr Handy Empfang hat. Nichts. Sie bemüht sich, die Gedanken an Floyd zu verscheuchen. Das Wort »Presseball« pulsiert in ihrem Kopf. War Gine auch dort?

Gine will zurück zum Sender. Und dafür ist ihr jedes Mittel recht.

Gine war durch den Brand beim Sender traumatisiert. Gestern Abend brach ebenfalls ein Feuer aus – und sie klappte regelrecht zusammen. Heute ist sie tot. Kaja laufen Tränen übers Gesicht. Sie wischt sie nicht einmal weg. Der Nebel wirkt nun wie ausgedünnt, sie hat sogar den Eindruck, dass irgendwo Sonnenlicht durch die Baumwipfel sickert. Sie stolpert – und findet sich plötzlich auf einem ausgetretenen Pfad wieder. Hier müssen in letzter Zeit Menschen vorbeigelaufen sein. Kaja entdeckt Schuhabdrücke in Matschpfützen. Eine leere Energie-Gel-Tüte. Ist das der Trail? Ohne nachzudenken wendet sie sich nach links und orientiert sich an den Spuren. Den Blick fest auf den Boden geheftet, bemerkt sie den Mann in der gelben Jacke zu spät.

»Kaja!«

Sie kommt aus dem Tritt. »Du?«

»Mensch, du hast es geschafft!«

Sie starrt auf seine hängenden Mundwinkel. Die Blätter in seinem Haar.

»Ist das der Trail?« Unwillkürlich tastet sie nach dem Handy in ihrer Tasche. Spürt, wie er ihrem Blick folgt.

»Ich denke schon. Hast du dein Handy wiedergefunden?«

Sie nickt nur. Sie weiß, dass er weiß, dass sie weiß. Das Handy kann nur Floyd bis zu der Felsreihe getragen haben.

»Hast du eine Markierung entdeckt?« Sie muss ihn ablenken. Wie kann er hier sein, jetzt erst, wo er doch einen ordentlichen Vorsprung hat?

»Nein. Noch nicht. Hast du die Schuhabdrücke gesehen?«

Sie nickt nur. Betet, dass bald noch ein Läufer den Pfad entlangkommt.

»Also, machen wir uns auf den Weg?« Floyd grinst. »Das beste aller Verläuferteams sind wir, was?«

»Wo hast du auf diesen Pfad gefunden?«

Er macht eine Handbewegung. »Weiter hinten. Lass uns gehen.«

Sie setzt sich in Bewegung. Ein Fehler. Nun läuft sie auf dem schmalen Weg vor Floyd. Er hat sie unter Kontrolle. Beinahe sekündlich dringt mehr Licht durch den Dunst. Ab und zu kann man blauen Himmel über den Wipfeln erkennen, der rasch wieder von weißen Schlieren verdeckt wird. Die Steigung ist mäßig, Kaja kommt gut voran. Floyd ist dicht hinter ihr.

Er weiß, dass sie weiß. Das kann nicht gut gehen.

32.

Sie sind eine ganze Weile gelaufen. Kaja ist mittlerweile in ein schnelles Gehen gefallen. Floyd bleibt hinter ihr.

»Überhole, wenn du willst.«

»Wozu sollte das gut sein? Wir sind sowieso raus. Qualifiziert als DNF. Did not finish. Pech.«

Kaja keucht. DNF ist für die Profis eine Katastrophe. Für diejenigen, die unter die TOP 5 kommen wollen. Oder wenigstens unter die TOP 10. Für sie selbst ist nur der Gedanke an ihr Interview mit Almut desaströs. Im Prinzip stand das schon vor dem Lauf unter keinem guten Stern. Und wenn sie an Gine und die Krähen denkt, löst sich alles andere zu einer lästigen Nichtigkeit auf. Ein Mensch hat auf diesem Trail sein Leben verloren. Was kann schlimmer sein?

Ihr Magen krampft. Sie fühlt sich elend. Versucht, ihre Befindlichkeit aus ihrem Bewusstsein zu drängen. Damit sie die Kraft hat, bis zum Kontrollpunkt weiterzumachen. Hat Floyd nicht gesagt, Gine wollte zurück zum Sender, und dafür wäre ihr jedes Mittel recht? Wollte er das verhindern, indem er sie …

Ganz plötzlich stülpt sich ihr Magen um. Sie taumelt zwischen die Bäume. Übergibt sich. Ihr wird so schwindelig, dass sie in die Hocke sinkt. Sich an einem Baumstamm festhalten muss. Für ein paar Augenblicke verliert sie das Bewusstsein.

Als sie zu sich kommt, spürt sie, wie Dornen und Zweige ihr die Hose aufreißen. Sie kneift die Augen zusammen, etwas Scharfes trifft ihre Lippe. Sie schmeckt Blut. Hört Floyds harte Atemzüge. Er hat die Arme unter ihren Achseln eingehakt, zerrt sie weg. Sie schreit auf. Er lässt sie fallen. Sie spürt Laub unter sich. Dreht sich zur Seite. Übergibt sich erneut.

»Hat Gine dich erpresst?«, flüstert sie, als sie zu Atem kommt. »Damit sie Brunos Job bekommt und nicht du?«

»Spinnst du?« Er lacht. Zu laut. Hält sich das Knie. Sein Gesicht ist ganz rot. »Du bist echt bescheuert. Womit sollte Gine mich denn erpressen!«

»Du hast sie umgebracht. Vermutlich seid ihr gemeinsam von der Strecke abgekommen. Und du hast die Gelegenheit genutzt.« Kaja kann nicht aufhören zu reden. »Damit hast du eine Konkurrentin weniger.«

»Ich kann nicht begreifen, was wir hier für eine Unterhaltung führen. Beruhige dich mal. Du wärst beinahe in dein eigenes Erbrochenes gefallen. Warst ohnmächtig. Kannst du weiter? Oder willst du hier sitzen bleiben, während ich Hilfe hole?«

»Wolltest du das nicht längst?«

Sie fixieren sich. Zwei angeschlagene Raubtiere. Kaja ahnt, dass sie den Kürzeren ziehen wird.

»Was ist mit deinem Knie?« Sie will ihn ablenken.

»Vertreten.« Wütend massiert er das Bein.

Er scheint Schmerzen zu haben. Versucht, es nicht zu zeigen. Er ist verwundbar. Sein Knie. Sie muss an sein Knie ran. Denn fliehen kann sie nicht. Dazu ist sie zu erledigt. Zu schwach. Zu langsam. Sie kämpfen beide um ihr Leben. Jeder auf seine Art. Kaja kommt auf die Füße.

»Pass mal auf«, sagt Floyd. Er lässt sein Knie los. Steht locker da. Seine Haltung erinnert an die eines Kampfsportlers. »Lass uns diesen Schwachsinn beenden. Ich habe Gine nicht umgebracht. Dazu habe ich keinen Grund. Ich will Brunos Job nicht. Gine hätte ihn von mir aus haben können. Sie wäre aber nicht genommen worden. Aufgrund der internen Politik beim Sender. Fertig. So sieht es aus. Allerdings ist sie eine ziemlich durchtriebene Kämpferin gewesen. Sie war wirklich drauf und dran, Bruno Schlosser zu vernichten.«

Gines Ansage an Bruno. Im Van von *Bergsport-TV*. *Ich kann dich vernichten. Das weißt du.*

Kaja macht ein paar Schritte rückwärts. Instinktiv will sie so viel Abstand wie möglich zwischen sich und Floyd bringen.

»Wie?«, flüstert sie. »Wie wollte sie ihn vernichten?«

»Dreimal darfst du raten.« Floyd kommt näher. Seine blutunterlaufenen Augen starren Kaja unverwandt an. Er ist angezählt. Kalkuliert, welche Chancen er noch hat. »Sie hat ihn erpresst!«

»Erpresst?«

In Kaja überschlagen sich die Gedanken. Ist Bruno Gines Mörder?

»Und bevor du jetzt mit neuen Verdächtigungen aufwartest«, sagt Floyd, »denk daran: Sie ist gestürzt. Das ist am wahrscheinlichsten. Hat sich den Kopf aufgeschlagen. Ist weitergerobbt. Das muss kein Mord sein.«

Du hast ihre Verletzung nicht gesehen, will Kaja sagen. Beißt sich auf die Lippen. Vielleicht hat Floyd

Gine doch gesehen. Sie selbst hat ihn ganz in der Nähe der Leiche getroffen. Sollte Bruno Gine wirklich … dann wäre Bruno auch nicht weit gewesen, als sie Gines toten Körper fand.

Floyd hat sie in den Wald gezerrt. Nachdem sie kurz ohnmächtig war. Warum? Zum ersten Mal sieht sie sich um. Sie weiß nicht mehr, wo der Weg ist. Die Panik kommt wie ein Tsunami.

»Womit hat sie Bruno erpresst?«

Floyd lacht wieder sein sonores, viel zu lautes Lachen. Er kommt auf Kaja zu. Hinkt leicht.

»Ich sage nur: Presseball. Klingelt da wirklich nichts bei dir?«

33.

»Was möchten Sie trinken?« Er winkt bereits dem Barmann.

»Einen Chardonnay. Eiskalt.«

Er wiederholt genau dies vor dem Barmann.

Fernsehen. Daran hat sie nie gedacht. Den Ehrgeiz hätte sie wohl, aber nicht die Traute. Sie mag keine Kameras. Nun ist sie doch nicht mehr sicher, ob sie sein Gesicht kennt.

»Helfen Sie mir auf die Sprünge. Woher kenne ich Sie?«

Er winkt grinsend ab. »Erzählen Sie lieber etwas über sich.« Schmeichlerisch beugt er sich vor. »Sie haben grüne Augen.«

Der Barmann schiebt das Glas über den Tresen. Sie greift danach.

»Noch nie grüne Augen gesehen?«

Er lacht. »Nicht allzu oft.«

»Sie moderieren diese Sportsendung bei …«

Er zuckt die Achseln. »Und Sie?«

»Magazin. *Sport&Berg*.«

»Da bewundere ich Sie.«

»Warum das?«

»Das geschriebene Wort flößt mir Respekt ein. Babbeln kann jeder.«

»Ich bin auf der Suche nach einer Veränderung.«

»Was schwebt Ihnen vor?«

Sie trinkt zu schnell vom Wein. Der Alkohol steigt ihr sofort zu Kopf. Sie hätte mehr essen sollen, für eine bessere Grundlage sorgen. Neben ihr drängen sich zwei Männer an die Theke. Es wird eng und laut.

»Frankreich«, sagt sie.

»Sportlich gesehen ein weites Feld.«

»Grenoble.«

Er unterbricht sofort.

»Alpen. Klar. Outdoor-Sport, wie? Berge, Klettern, Slalom?« Er lacht. »Noch ein Glas Wein?«

Sie starrt in ihr Glas, das sie geleert hat, hinter ihrer Stirn beginnt es zu pochen.

Er redet schon weiter:

»Ich war mal ein Jahr in Lausanne, habe dort noch ein paar Kontakte. Sprechen Sie Französisch?«

»Natürlich.«

Er hat ein neues Glas für sie bestellt. Sie greift danach, zwingt sich jedoch, noch nicht zu trinken.

»Was haben Sie in Lausanne gemacht?« Sie will nicht sofort nach den Kontaktdaten fragen. Nur nicht zu hungrig erscheinen, das macht einen scheußlichen Eindruck, wie ein Straßenköter, der sich auf ein Stück Schinken stürzt.

»IOC«, erwidert er lässig.

Sie werden ein Stück von der Theke abgedrängt, als zwei Paare eine Bestellung aufgeben. Eine der Frauen kommt ihr bekannt vor. Sie trägt das Haar locker hochgesteckt. Hat den klassischen Läuferkörper, dünn, ohne ein Gramm Fett am Leib. Die passende Figur für das dunkelrote Schlauchkleid.

»Sie wissen ja, Olympia ist ein gigantisches Geschäft. Zugleich muss man so tun, als ginge es ausschließlich um den Sport. Um Leistung, Fairness und Wettbewerb. Eine gewaltige Augenwischerei. Es gibt also viel zu tun für einen Journalisten in Lausanne.« Er betrachtet sein Bierglas.

Sie nippt nun doch am Wein. Es wird immer heißer, die Musik lauter. Der Schmerz hinter ihrer Stirn lässt sich kaum mehr ignorieren. Dabei hat sie das Gefühl, dass jemand sie anstarrt. Ihr Gegenüber kann es nicht sein, der scheint gerade eher nach innen zu blicken.

Come on, motiviert sie sich. Vielleicht wird es nicht Frankreich, sondern die Schweiz. Kontakte sind Kontakte. Meter für Meter werden sie von der Theke weggedrängt.

Sie findet sich auf den Polstern einer Sitzgruppe wieder. Fragt ihn über das IOC aus, ohne sich irgendetwas von dem zu merken, was er vom Stapel lässt. Unerwartet wendet sich ihr Gespräch Privatem zu. Er kann witzig sein und zugleich klug.

Von irgendwo kommt ein neues Glas Wein. Sie stoßen an. Sein Gesicht verschwimmt vor ihren Augen.

»*Bergsport-TV* braucht immer gute Leute.« Seine Stimme kommt wie von fern. »Wenn Sie mir Ihre Karte geben«, fährt er fort.

Sie greift nach der Handtasche. Dass sie so wenig verträgt! Der Alkohol steigt ihr zu Kopf, sie fummelt ungeschickt mit ihrer Brieftasche herum. Reicht ihm ihre Karte mit dem geschwungenen roten Schriftzug von *Sport&Berg*.

»Kaja Erlach. Ich lese euer Magazin übrigens gern.«

»Wirklich?« Kaja beginnt, aus dem Nähkästchen zu plaudern. Themensuche, Recherche. Und dann allzu oft ein »Stopp« der Redaktion. »Ich habe schon Tage und Wochen in Nachforschungen gesteckt, mit dem Okay der Redakteurin, und dann wurde das Thema mit einem Mal doch rausgenommen. Interessiert nicht mehr. Fertig.«

Während sie spricht, fällt ihr sein Name ein. Schlosser. Bruno Schlosser. Der Mann mit der Kultsendung, ganz klar. Einer, der viele Neider hat. Weil sich allzu viele Journalisten mit Liebe zum Bergsport genau diese Position wünschen. Eine Plaudersendung mit Hintergrund.

»Sie moderieren diese coole Sendung bei *Bergsport-TV*! Daher kenne ich Sie!«

Er lacht. Trinkt. »Moderieren ist eine Sache. Noch viel besser und niemals zu toppen ist jedoch das Erlebnis am Berg selbst. Das echte Leben. Finden Sie nicht?« Er senkt den Blick tief in ihre Augen. »Oder woher kommt der Wunsch nach Veränderung?«

Kaja fühlt plötzliche Traurigkeit herabsinken. Eine Melancholie, die sie sich nicht erklären kann. Ihr Körper ist so schwer, sie weiß gar nicht, wie sie sich aus diesem Sessel erheben soll. Wahrscheinlich gar nicht bis zum Morgen. Der charmante Bruno Schlosser wird ihr noch ein Glas bringen und noch eins. Vielleicht besser ein Glas Mineralwasser, so wie sich alles um sie dreht. Für Momente schließt sie die Augen. Wo ist ihre Fähigkeit, Konversation zu machen, die richtigen Fragen zu stellen?

Doch zugleich stellt sie erstaunt fest, dass sie spricht. Sie redet mit Bruno über die geplatzte Bewerbung der

Stadt München für die Winterolympiade 2022, sie sezieren die Gründe für die Ablehnung des Sportereignisses in den Bürgerentscheiden. Das alles kommt Kaja verrückt vor, sie hat keinen Schimmer, wie sie diskutieren kann, wo auf einer anderen Schiene in ihrem Kopf eine Lok sitzt, die den Gedankenzug wegfährt. Mitten hinein in eine Nebelwand.

»Dabei haben sich nur in Garmisch-Partenkirchen mehr als die Hälfte der Bürger an der Abstimmung beteiligt«, regt Bruno sich auf. »In Traunstein und im Berchtesgadener Land waren es knapp 40, in der Stadt München unter 30 Prozent.«

»Also wären Sie ein Befürworter der Winterspiele im Oberland gewesen?«

Er starrt sie verblüfft an.

»Sie nicht?«

Kaja muss lachen. »Natürlich, ich war dafür. Wir sind Nachrichtenleute, oder? Sie hätten monatelang Themen für Ihre Sendung gehabt, und wir hätten auch locker drei Ausgaben füllen können. Noch mehr mit der Vor- und Nachberichterstattung.« Das komplizierte Wort will nicht so recht über ihre Lippen. Was reden sie auch über München – sie will nach Grenoble. So recht will ihr keine Frage einfallen, nichts, womit sie den TV-Kollegen löchern könnte. »Ich glaube, ich muss an die frische Luft.«

Sie muss sich konzentrieren, um aufstehen zu können, und gerät doch ins Schwanken. Sofort ist Bruno da. »Darf ich Sie begleiten?«

Er führt sie aus dem Saal, sie gehen an der Garderobe vorbei, schemenhaft sieht Kaja Gäste, die sich bereits ihre Mäntel geben lassen. Sie hat den Eindruck, dass ihre Füße gar nicht mehr den Boden berühren. An Brunos Arm schwebt sie durch eine Seitentür. Ein Hotelangestellter kommt von einer Zigarettenpause zurück, sie riecht den Rauch, ihr wird schlecht. Sie stützt sie sich am Türrahmen ab.

Bruno sagt etwas, das sie nicht versteht. Sie fühlt Hände auf sich. Es ist dunkel am Seiteneingang. Das Licht über der Tür ist erloschen. Von fern hört sie Fahrgeräusche, es regnet leicht. Sie spürt den Regen an ihren Beinen, lehnt sich an die Wand. Es fühlt sich falsch an. Etwas drückt sich gegen sie. Als könnte sie nicht atmen. Ihre Stirn berührt rauen Stein. Die Knie stoßen gegen etwas Hartes. Sie öffnet den Mund, ein Schwall Flüssigkeit bricht daraus hervor. Sie sinkt auf ihre Knie, spürt nassen, kalten Asphalt, während sie gegen eine Steinmauer gepresst wird.

34.

»Bruno?« Kaja wischt über ihre Lippen. Sie spricht zu sich selbst, nicht zu Floyd, der ein paar Schritte weiter steht und sich mit einem Arm an einem Baum abstützt. Ein Insekt krabbelt über ihr Gesicht. Sie lässt es geschehen. Ein Teil von ihr befindet sich hinter dem Hotel, in dem der Presseball stattfand. Sie hatte keine Ahnung, was passiert war. Traut ihrer Erinnerung immer noch nicht. Kann das alles wirklich wahr sein?

Eine Kollegin hat sie heimgebracht. Kaja weiß nicht, wo und wann diese Kollegin auf sie traf.

»So betrunken war ich noch nie«, flüstert sie.

Floyd lacht auf. »K.-o.-Tropfen? Schon mal gehört?«

Kaja bekommt all diese Mosaiksteine nicht zusammen. Ein Reporter vom Fernsehen hat ihr K.-o.-Tropfen eingeflößt, um sie gefügig zu machen? Geschehen solche Dinge? Hat er nicht x Verehrerinnen, die ihm mit Begeisterung hinter das Hotel folgen würden?

»Hat er das geplant?« Sie spricht zu sich selbst. Ein Teil von ihr begreift. Ein anderer nicht. »Und Gine …«

»Gine hat das auf dem Handy.«

Diese Information ist zu viel für Kaja. Sie sackt in sich zusammen. Der Waldboden ist kühl und weich. Er könnte sie einfach aufnehmen, sie liebkosen, Zentimeter für Zentimeter nachgeben, um sie zu schützen, zu verbergen. Wind kommt auf. Über ihr reiben die Wipfel der Bäume aneinander. Zweige knacken. Irgendwo fällt etwas zu Boden. Vielleicht ein Fichtenzapfen.

Gine hat das auf dem Handy.

Gine, die einen erfolgreichen Blog betreibt.

»Ihre Followerzahlen gehen nicht so durch die Decke, wie sie sich das erhofft hat«, sagt Floyd, als hätte er Kajas Gedanken gelesen. »Im Gegenteil. Ihr Stern ist im Sinkflug. Deswegen will sie ja zurück zum Sender.«

Kaja kann das nicht glauben. Gine hat gesehen, wie Bruno … Statt ihr zu helfen, hat sie die Szene aufgenommen. Wer weiß, wo Kopien dieser Bilder kursieren. Wenn Gine diese grauenvolle Situation mitbekommen hat, weiß es vielleicht auch die Kollegin, die sie heimgebracht hat. Weiß es vielleicht auch Jutta. Wissen es alle in der Redaktion.

Nicht vielleicht. Ganz sicher.

»Sie hat mir das Interview weggeschnappt. Sie hat Bruno erpresst.« Kaja schluckt.

»Sie hat dir ein Interview weggeschnappt?« Floyd schaut Kaja erstaunt an. »Was für ein Interview?«

»Mit Matthias Burck.«

»Moment: mit *dem* Matthias Burck?«

»Ich hatte die Abmachung mit ihm schriftlich. Seine Zusage für ein Interview mit *Sport&Berg* stand. Eines Morgens bekam ich eine Mail mit der Absage. Ohne Begründung. Gine hatte ihn bereits für ihren Videoblog gefilmt. Der Clip war längst online.«

»Das hast du also gemeint!« Floyd stößt sich von dem Baum ab.

»Was habe ich gemeint?« Verwirrt richtet Kaja sich auf.

»Bei der Startaufstellung heute Morgen. Als du zu Gine gesagt hast: ›Das warst du?‹«

Kaja runzelt die Stirn. »Was hätte ich denn sonst meinen sollen?«

»Hör mal: Wenn jemand wirklich ein Motiv hatte, Gine aus dem Weg zu schaffen, dann Bruno.«

In Kajas Kopf hallt es. Floyds lapidarer Satz. Das Krächzen der Krähen. Gines Schluchzen gestern nach dem Feuer. Gine hat mit falschen Karten gespielt. Doch den Tod hat sie nicht verdient. Kaja steht auf. Den Schmerz im Fuß spürt sie kaum noch.

»Hast du Bruno gesehen? Irgendwo im Wald? Bevor du mich getroffen hast?«

Floyd schüttelt den Kopf.

»Nein. Aber wenn er es war, hat er vielleicht nicht mehr auf den Trail zurückgefunden. Irrt genauso umher wie wir. Was bedeutet«, er senkt die Stimme, »dass er hier irgendwo sein könnte.«

35.

Vreni schleppt Ausrüstung. Einen richtig schweren Rucksack. Sie beschwert sich nie. Sie ist die einzige Frau in diesem Bergwacht-Team. Auf keinen Fall will sie auf feine Dame machen, die die schwere Gerätschaft von den Männern tragen lässt. Anfangs haben ihr einige angeboten, die gewichtigsten Teile zu übernehmen. Vreni hat immer abgelehnt. Wenn sie fit genug ist mitzulaufen, kann sie auch Ausrüstung tragen.

Sie sind zu viert. Zuerst hat ein Kollege sie und zwei andere Einheiten mit dem Geländewagen über Forststraßen zur Kontrollstelle am Hochstätter gefahren. Von dort sind die drei Teams ausgeschwärmt. Vrenis Gruppe ist nach Westen gewandert. Das Gebiet, das sie absuchen sollen, betrifft die westliche Flanke des Hochstätter. Anschließend werden sie nach Süden weitergehen. Markus spricht über Funk mit den Kollegen, die die Stellung am Kontrollpunkt Hochstätter halten. Keiner der fünf fehlenden Teilnehmer ist aufgetaucht.

»Findest du es nicht seltsam, dass es bis auf Lieselotte Zumwinkel alles Journalisten sind?«, fragt sie ihn, als er sein Gespräch beendet.

»Nein. Wieso?«

»Der Bruno Schlosser ist eine richtige Berühmtheit.« Vreni verlangsamt das Tempo fast unmerklich. Sie kommt außer Atem. Daran muss die Aufregung schuld sein. Sie mag diese Kaja wirklich gern. Es hat Spaß gemacht, sich mit ihr zu unterhalten, auch wenn es nur kurz war. Irgendwie war sie nicht so großspurig wie die meisten anderen Reporter, die im Lauf der Vorbereitungen für den Trail bei der Bergwacht wegen Interviews anfragten. Wobei sich Markus ja vor jede Kamera stellt.

»Der Schlosser ist ein Depp«, kontert Markus. »Der quatscht im Fernsehen über die Berge, hat aber keine Ahnung von der Realität. Wie es wirklich ist im Gebirge.«

Verdutzt schaut Vreni ihn an. Sie hat einige von Brunos Sendungen gesehen. Ihrer Ansicht nach hat Bruno Schlosser durchaus Ahnung von den Bergen. Und seine Beiträge zeigen die Wirklichkeit richtig gut. Weil ihr die Luft ausgeht, verkneift sie sich eine Erwiderung.

Aus Markus' Funkgerät kommt ein quäkender Laut. Er meldet sich. »Team drei.«

»Hört zu, das Wetter soll schlechter werden. Der Nebel wird sich wahrscheinlich wieder zuziehen.«

In Vrenis Ohren klingt das ziemlich ungemütlich. Sie hat sich selbst schon bei Nebel verirrt. Drüben, im Böhmerwald. Der Untergrund war glitschig, dicke Klumpen Matsch hatten sich an ihre Sohlen geheftet. Eine ganze Nacht hockte sie in ihrem Biwaksack, bei Temperaturen knapp über null Grad, bis sich der Nebel in den frühen Morgenstunden verzog und sie sich wieder orientieren konnte. Zum Glück hatte sie ausreichend Wasser und ein paar Snacks dabei. Die Erfahrung war nicht angenehm. Doch diese Nacht bewältigt zu haben, hat Vreni Stärke und Selbstbewusstsein verliehen.

»An der Verpflegungsstelle bei Kilometer 39,7 sind auch noch zwei Kameraden. Wir warten, bis ...«, kommt es aus dem Funkgerät. Die Stimme verzerrt und setzt aus.

»Fuck«, murmelt Markus.

»Ich finde, das ist kein Zufall.« Vreni zurrt die Schulterriemen ihres Rucksacks fester. »Die 70-Jährige kann aus Konditionsgründen ausgefallen sein, aber die Reporter ...«

»Quatsch.«

»Floyd Brunner und Bruno Schlosser sind beide bei *Bergsport-TV*. Das ist seltsam ...«

»Ich hab dir doch gesagt: Der Schlosser ist ein Idiot.«

Ein paar Krähen krächzen in der Nähe. Laut und aggressiv.

Der Kollege, der hinter ihnen geht, ruft:

»Komm schon, Markus. Du hast den Schlosser einfach auf dem Zettel. Soll es geben. Aber wenn er in Gefahr ist, helfen wir ihm.«

»Du hast ihn auf dem Zettel?« Vreni kommt vor Verblüffung aus dem Tritt. »Warum denn?«

»Neugierig bist du überhaupt nicht, was?«, brummt Markus.

»Na, weil er den Markus mal vor laufender Kamera ins offene Messer hat rennen lassen. Der hat dich hinters Licht geführt, und du hast es nicht gemerkt, Markus!« Der Kollege lacht. »Aber tröste dich, so sind die beim Fernsehen. Außerdem hört man, dass der Schlosser nicht mehr lange weitermacht.«

»Ins offene Messer laufen lassen?« Vreni kann sich nicht zurückhalten. Sie merkt, wie Markus sauer wird. Sein Gesicht ist knallrot. »Was war da los?«

»Eine Fachfrage. Keine von den ganz einfachen. Also, eher schwer zu beantworten.« Der Kollege lacht wieder, aber es klingt beinahe entschuldigend. »Du machst jetzt die Bergführerausbildung, sobald du die in der Tasche hast, nehmen sie dich endlich ernst als Experten. Da brennt sicher nichts mehr an, oder? Wie läuft's mit den Vorbereitungen auf die Prüfung? Ist hart, oder? Viel Lernstoff.«

»Team drei, bitte kommen!«, schnarrt es aus dem Funkgerät.

»Team drei hört.«

Wieder bricht die Verbindung.

»Verdammte Scheiße!« Markus holt mit dem Arm aus, als wollte er das Funkgerät in hohem Bogen in den Nebel werfen.

»He, wartet mal!«

»Verdammt, das …«

Vreni, die nur noch auf den Weg vor sich geachtet hat, schaut hoch. Sie ist die Kleinste in der Gruppe. Deswegen sieht sie als Letzte, was etwa 100 Meter vor ihnen auf dem Waldboden liegt.

36.

Tatsächlich finden sie auf den schmalen Pfad zurück. Floyd geht voran. Das beruhigt Kaja, sie sieht ihn, er sie nicht. Ich muss runterkommen, denkt sie. Ich kann nicht alles Floyd anlasten. Obwohl sie sich auf ihre Schritte konzentriert, grübelt sie immer weiter über das nach, was sie gerade erfahren hat. Bruno hat sie, Kaja, missbraucht. Und Gine hat das gefilmt. Was für ein Wahnsinn. Gine hat Bruno erpresst. Mit einem Videoclip, der grässliche Minuten zeigt, an die Kaja sich nicht einmal mehr richtig erinnern kann. Hat Bruno gezahlt, stets aufs Neue, bis er nicht mehr konnte? Und einen Schlussstrich zog?

Kaja schlingt die Arme fest um ihre Jacke. Die ist längst durchnässt. All ihre Kleidungsschichten sind klamm. Sie ist dankbar für die Bewegung. Wenigstens wird ihr so wärmer. Gleichzeitig macht sie die Erschöpfung immer kraftloser. Jeder Schritt unterliegt nun ihrer Willenskraft. Ist Arbeit. Ist Kampf. Floyd scheint es genauso zu gehen. Dennoch vergrößert sich der Abstand zwischen ihnen.

Bis Floyd irgendwann vom Nebel verschluckt wird.

Kaja macht sich keine großen Gedanken darüber. Ihr ist die Distanz zu ihm sogar recht. Sie muss mit sich allein ins Reine kommen. Das wird dauern. Zunächst kann sie Floyds gelbe Jacke schwach durch die Nebelschleier sehen. Bis er ganz verschwindet.

Kann sie ihm trauen? Oder hat er ihr hier eine wirre Geschichte erzählt, um sie zusätzlich zu schwächen? Warum sollte er das tun? Da ist diese Sache mit dem Handy. Hat er es ihr abgenommen – oder nur gefunden, am Hang, wo sie es beim Sturz verloren hat?

»Floyd?«, ruft sie halblaut nach vorn.

Keine Antwort.

»Floyd?« Jetzt schreit sie. Sie sieht ihren Atem als Wolke vor ihrem Gesicht stehen, ehe er sich auflöst. Unmöglich kann sie schneller laufen. Sie hat alles aus ihrem Körper rausgeholt. Mehr geht nicht. Kaja wird langsamer. Sie schaut auf ihr Handy. Kein Netz. Kann eigentlich gar nicht sein. Sie schwankt, steckt das Telefon weg. Bleibt stehen, stemmt die Hände auf die Knie. Gebückt steht sie da, will zu Atem kommen, sich sammeln. Anschließend weitergehen. Sie braucht nur ein paar Minuten. Nur ein paar Minuten …

Sie fühlt Tritte auf dem nassen Boden. Hat sie die Fähigkeiten eines Tieres angenommen? Kaja hebt den Kopf, lauscht, zieht sich zwischen die Bäume zurück. Jemand schleppt sich den Weg entlang, in die gleiche Richtung, die sie gegangen ist. Ein Mann in einer grünen Jacke, die Kapuze über das Basecap gezogen. Startnummer 761.

Bruno Schlosser. Kaja öffnet den Mund. Sie will schreien. Will doch nicht. Das kann alles nicht wahr sein. Bruno war hinter ihnen? Wenn Bruno Gine ermordet hat – wo hat er sich die ganze Zeit aufgehalten? Sie weicht noch ein paar Schritte zurück. Tritt auf einen Zweig. Es knackt. Laut. Bruno, der ohnehin kaum noch gelaufen, eher gegangen ist, bleibt stehen. Er sieht Kaja sofort.

»Hallo?«, ruft er.

Seine Stimme löst eine Lawine in Kaja aus.

Bruno Schlosser.

Das geschriebene Wort flößt mir Respekt ein. Babbeln kann jeder.

Alles in Kaja ist auf Flucht eingestellt. Doch ihr ist bewusst, dass sie in ihrem Zustand nicht mehr weit kommen wird. Sie beißt die Zähne zusammen. Angriff war schon immer die beste Verteidigung.

»Bruno Schlosser.« Sie geht auf ihn zu. »Lange nicht gesehen.«

Er runzelt die Stirn. Natürlich, wahrscheinlich erkennt er sie gar nicht. Beim Presseball war sie aufgedonnert, geschminkt, schick frisiert. Jetzt ist sie zerzaust und verdreckt.

»Auch verlaufen?« Er weiß wirklich nicht, wer sie ist. Reißt die Startnummer herunter. »Eine verdammte Scheiße ist das. Das Wetter hat alles ruiniert. Oder ich bin wirklich zu alt für so was. Ultratrail. Was für eine Scheißidee.«

»Der Gipfel vom Hochstätter kann nicht mehr weit sein.« Kaja staunt, wie leicht es ihr gelingt, die Selbstsichere zu spielen. Wo ist Floyd überhaupt?

Missmutig starrt Bruno auf die Startnummer in seiner Hand. »Wir sind sowieso aus der Wertung raus. Eigentlich interessiere ich mich nur noch für eine heiße Dusche. Und ein kaltes Bier. In dieser Reihenfolge.« Er blickt auf. Sieht Kaja in die Augen. Mit einem Mal deutet sich so etwas wie ein Erkennen in seinem Gesicht an.

Sie haben grüne Augen.

»Grüne Augen. Klingelt da was?« Kaja lockert die Beine.

Schockiert blickt Bruno sie an.

»Presseball, München. Frühjahr.«

Er wird bleich.

Floyd hatte recht, schallt es in Kajas Kopf. Bruno. Es war Bruno. Sie steht mit einem Mörder auf einem einsamen Waldpfad. Seltsamerweise empfindet sie keine Angst. Die Situation kommt ihr so normal vor, als hätte sie Bruno in irgendeinem Café getroffen. Zufall. Kann vorkommen.

»Was ist mit Frankreich geworden?« Bruno hat seine Sprache wiedergefunden. Für einen Reporter vermutlich kein großes Problem. »Grenoble war das, oder?«

»Was ist aus Gine geworden?«

»Gine? Die habe ich bei der Startaufstellung zum letzten Mal gesehen.«

»Gelogen! Du hast die Situation ausgenützt. Sie aus dem Weg geräumt. Womöglich seid ihr gemeinsam vom Weg abgekommen.«

Bruno schmeißt die Startnummer in den Matsch. »Spinnst du total? Was soll ich gemacht haben?«

»Gine ist tot. Erpresser leben gefährlich.«

Alle Farbe weicht aus Brunos Gesicht. Er greift sich an die Brust. »Tot?«

»Scheiße, ja! Du hast sie getötet!« Tränen des Zorns rinnen Kaja übers Gesicht. Sie begreift nicht, wo all die Energie hochkommt, die sie Bruno entgegenschleudert.

»Was für ein haarsträubender Blödsinn. Ich habe niemanden getötet.« Seine Stimme bricht. Er schwankt.

»Sie hat dich erpresst. Ich habe selbst gehört, wie sie sagte: ›*Ich kann dich vernichten.*‹« Kaja holt tief Luft. »Es ging nicht nur um Geld. Jeder Mensch hat einen Ruf zu verlieren. Und einer, der in der Öffentlichkeit steht, zumal. Der wird an den Pranger gestellt und fertiggemacht. Aber so richtig. Ohne Erbarmen plattgemacht. Wer so zusammengefaltet wurde, steht nie mehr auf. Nicht mehr vor Publikum. Und das wurde dir klar.«

Brunos Gesichtsfarbe ist zu einem fahlen Grau geworden. Er ringt nach Luft, versucht, etwas zu sagen. »Du warst ... du hast ...«

»Nein, *ich* habe sie nicht umgebracht.« Kaja wird schwindelig. »Hast du was zu essen und zu trinken?«

Bruno stutzt, nimmt seinen Laufrucksack ab. Er reicht ihr einen Portionsbeutel Energie-Gel. Gierig reißt Kaja das Tütchen auf, schlürft das Gel.

»Verdammt«, beginnt Bruno. »Ich dachte, das wäre einvernehmlich gewesen.«

»Du hast mir was in den Wein getan.« Sie zeigt mit dem Finger auf ihn. »Ich mach dich fertig.«

Schweigend wirft Bruno den Rucksack wieder über die Schulter. Jäh verzerrt er das Gesicht. Seine Knie knicken ein. Er taumelt, versucht, sich an Kaja festzuhalten. Die springt entsetzt zurück. Bruno stürzt in den Matsch. Die Hände an die Brust gepresst, bleibt er auf der Seite liegen.

37.

Zum Teufel mit Markus! Vreni kauert sich unter eine Fichte, so weit weg von der Leiche und den Krähen wie möglich. Ihr ist immer noch schlecht. Sie hat sich übergeben, als sie die Leiche sah.

Regine Frey, Startnummer 404.

Fuck.

Und dazu die Krähen … Die Kameraden haben versucht, die Vögel zu verscheuchen, doch die wollen nicht lassen von der unverhofften Beute. Vreni zittert immer noch. Wenigstens ist sie warm angezogen, trägt mehrere Schichten Funktionskleidung übereinander. Sie haben über Funk die Polizei verständigt, den Fundort durchgegeben. Anweisungen erhalten. Sich auf derselben Strecke zurückgezogen, über die sie hierherkamen. Damit möglichst wenige Spuren zerstört werden. In dieser Hinsicht ist wahrscheinlich ohnehin alles zu spät: Es fängt an zu regnen. Vreni zieht die Kapuze über ihr Basecap. Sie hat sich das alles anders vorgestellt. Bergwacht – das hatte für sie etwas mit dem Leben zu tun. Nicht damit, Tote zu bewachen. Warum muss überhaupt jemand hier bleiben?

Mit Markus ist einfach nicht vernünftig zu reden. Er hat die Anweisung gegeben, sie, Vreni, muss sie akzeptieren. So ist das nun mal. Vielleicht kann er wieder klarer denken, sobald er diese Bergführerprüfung geschafft hat. Markus und sein unfreundliches, unfaires Gehabe seit Wochen – nur dem Stress geschuldet? Und was war das für eine Geschichte, die der Kamerad von sich gegeben hat? Dass Schlosser von *Bergsport-TV* Markus vorgeführt hätte?

Mein Gott, denkt Vreni, Markus ist stinksauer. Das konnte sie deutlich spüren, auch wenn er versuchte, es zu kaschieren. Der Kamerad hat Markus quasi ein zweites Mal bloßgestellt, nicht vor der Kamera, sondern im Team. Vreni greift in die Jackentasche. Sie hat immer Nüsse dabei, knabbert vorsichtig. Es darf ihr bloß nicht wieder schlecht werden. Wenn sie über Markus nachdenkt, über die Stimmung in ihrer Gruppe, über die ganze Arbeit der Vorbereitung, lenkt sie sich wenigstens von der drängendsten Frage ab. Wer hat Gine das angetan? Sie ist nicht einfach nur gestürzt. Jemand muss ihr mit voller Wucht etwas Hartes auf den Schädel geschlagen haben.

Vreni sieht sich ab und zu Videos von Gines Blog an. Sie mag die Aufnahmen. Kitschig, unkritisch, aber toll. Die herrlichsten Sonnenuntergänge an den einsamsten Stellen in den Bergen. Gine auf einem Mountainbike, ganz allein auf einem Trail. Irreal. Vreni fragt sich, wann Gine diese Clips gedreht hat. Die besten Trails sind nur in der Nacht und bei schlechtem Wetter einsam. Genauso wie die coolsten Aussichtspunkte und die ganzen Spots, die in den sozialen Medien ständig beworben werden. Um ein Selfie im Ramsauer Malerwinkel mit der Pfarrkirche und dem Wagendrischelhorn im Hintergrund zu schießen, stehen die Leute Schlange. Im Bayerischen Wald ist es noch nicht so dramatisch, hier kommen die Trends später an. Sie haben auch nicht so spektakuläre Sights, wie sie in den Alpen zu finden sind. Dennoch. Diese Sucht, das schöne, wunderbare, erfolgreiche Selbst zu zeigen, macht nirgendwo Halt. Vreni knabbert noch eine Nuss. Es wird dunkel. Sie checkt ihr Handy. Kein Empfang. Wenn sie hier auf Gines toten Körper gestoßen sind – ist das anderen vielleicht auch passiert?

Markus hat nichts darauf gegeben. Wirklich, ist es nicht eigenartig, dass vier der vermissten Personen Medienleute sind? Vrenis Magen krampft sich zusammen. Das mit den Nüssen ist doch keine so gute Idee. Sie trinkt einen Schluck Wasser.

Warum sollte sie hierbleiben? Gegen die Krähen kann sie nichts tun. Und auch sonst wird nach Einbruch der Dunkelheit niemand mehr zufällig hierherkommen. Es hätte vollkommen genügt, einen GPS-Punkt zu setzen und an die Polizei weiterzuleiten. Markus wollte ihr eins reinwürgen. Deswegen hat er sie dazu verdonnert, Leichenwache zu halten. Er nimmt sie nicht für voll.

Vreni sieht auf die Uhr. 17.30 Uhr. Sie kann noch aushalten. Kann sich sogar ein Notbiwak bauen, wenn nötig.

Vier Medienleute. Haben die untereinander ... und Gine hat das nicht überlebt? Vreni schließt kurz die Augen. Sie kann sich nicht vorstellen, dass Kaja ... Niemals. Vreni besitzt eine ganz anständige Menschenkenntnis. Und Kaja würde sie niemals zutrauen, einen Mord zu begehen.

38.

Kaja begreift nicht gleich. Sie steht nur da und starrt auf diesen Mann. Fühlt sich kalt und leer. Nach Minuten, vielleicht auch nur Sekunden kniet sie sich neben ihn, wälzt ihn auf den Rücken.

»Bruno?«

Er reagiert nicht. Röchelt nur. Dann steht sein Atem still.

Kaja kniet sich neben ihn und beginnt mit der Herzdruckmassage. Sie drückt die Arme durch. In schnellem Rhythmus. 30-mal. Robbt zu seinem Gesicht, hält ihm die Nase zu. Beatmet ihn. Der Brustkorb hebt sich. Zurück, wieder Herzdruckmassage. Sie zählt mit. Es regnet nun stark. Kaja hat das Gefühl, nicht mehr in diesem Wald zu sein, sondern weit fort, in einem irrealen Raum, einer vollkommen verrückten Situation, in der nichts mehr von dem gilt, was vor ein paar Minuten noch über jeden Zweifel erhaben war.

Sie beatmet ihren Vergewaltiger. Vielleicht sogar einen Mörder. Versucht, ihm das Leben zu retten. Sie tut es, weil sie es eben tut. Sie braucht keine Begründung, sie überlegt nicht.

Als sie wieder neben seinem Gesicht hockt und ihn beatmet, packt sie jemand am Arm.

»Was machst du da?«

»Er hat einen Herzstillstand.«

Floyd zerrt sie weg.

»Spinnst du?« Sie wehrt sich. Reißt sich los. »Du Idiot! Hol Hilfe, verdammt.«

»Er ist ein Vergewaltiger und Mörder!«

»Hol lieber Hilfe!« Kaja kauert sich wieder neben Bruno. Sie achtet nicht darauf, was Floyd tut. Streckt die Arme durch. Zählt.

»1 – 2 – 3 – 4 ...«

Ein Ast rast auf sie zu. Sie bemerkt es aus den Augenwinkeln und rollt sich zur Seite. Der Ast streift ihren Unterarm. Sie schreit auf.

Floyd steht über ihr, hebt den Ast erneut. Seine blutunterlaufenen Augen starren sie an. Er hat ein irres Grinsen im Gesicht.

»Was soll das!« Kaja brüllt ihn an. Sie schreit, wälzt sich herum. Kommt auf die Füße, weicht zurück. »Du bist doch völlig durchgeknallt! Was willst du von mir? Ich mach dir deinen Job bestimmt nicht streitig.«

»Du weißt zu viel. Bist zu clever«, entgegnet Floyd trocken.

Kaja wagt es nicht, ihn aus den Augen zu lassen.

»Das mit Gine.« Er schwingt den Ast.

Kaja springt beiseite. Taumelt. Fängt sich. Sie braucht eine Waffe. Etwas, womit sie sich wehren kann. »Sie wurde dir gefährlich, oder? Weil du eben doch Brunos Job willst.«

»Wer redet denn von Brunos Job? Die richten ein neues Format ein. Brunos Quasselsendung ist out. Jetzt komme ich. ›Reported Reality‹ ist das Genre mit Zukunftsaussichten. Das ist, was neuerdings zieht.«

Wieselflink gleitet Kaja hinter einen Baumstamm. Also doch! Er ist Gines Mörder. Er hat sie, Kaja, an der Nase herumgeführt, indem er Geschichten erzählte und sie mit immer neuen Versionen davon verwirrte.

»Gine war drauf und dran, sich ins gemachte Nest zu setzen. Ich habe das neue Format entwickelt. Es trägt meine Handschrift. Es wird meine Sendung.«

»Du kannst vom Knast aus senden.« Kaja reißt einen Ast vom nächstbesten Baum. Das Licht erscheint ihr plötzlich fahl. Wie späte Dämmerung.

»Sei dir da nicht so sicher. Dich erwischt es hier. Und es war Bruno. Du hast ihn zur Rede gestellt, er fühlte sich angegriffen. Hat dir eins übergezogen. Dabei hat sich der ältere Herr überanstrengt und einen Herzanfall erlitten. Easy.« Langsam kommt er um den Baumstamm herum.

Kaja hebt den Ast. Floyd ist schneller. Er hat bereits Schwung genommen. Kaja springt weg. Wirft sich zu Boden, rollt einmal um ihre eigene Achse. Hört Floyd schreien. Der Schrei ist angefüllt mit Wut und Schmerz zugleich. Sie hebt den Blick. Floyd stürzt in hohem Bogen auf den Waldboden. Schlägt mit dem Gesicht auf. Ein dumpfes Geräusch. Bewegungslos bleibt er liegen.

39.

Polizeimeister Lukas Tirsch steht stramm. Dass er das kann, hat er lange kaum unter Beweis stellen müssen. In Zwiesel schiebt er normalerweise eine ruhige Kugel. Überhaupt ist er ein Mensch, der sich nicht schnell aufregt. Das kann bei der Polizeiarbeit ein Vorteil sein. Er hat eine sedierende Wirkung auf Personen, die Vermisste, einen Einbruch oder einen gestohlenen Pkw melden wollen. Doch jetzt gerät er ins Schwitzen. Zum Glück ist die Chefin da.

»Chefin? Ich habe eine Person am Apparat. Eine Frau, die beim Arberultratrail mitgelaufen ist. Sie sagt, sie hat ein Tötungsdelikt beobachtet.«

Die Chefin streicht eine schwarze Haarsträhne aus dem Gesicht. »Durchstellen.«

Etwas enttäuscht leitet Tirsch das Gespräch weiter an den Apparat der Chefin. Seine Neugier kann er kaum zähmen. Leider hört er nur die Redebeiträge seiner Chefin und nicht, was die Frau am anderen Ende sagt. Sie klang eben völlig fertig. Kein Wunder nach so einem Ultratrail. Die Leute müssen spinnen, an einem Tag über 50 Kilometer und an die 3000 Höhenmeter im Laufschritt zurückzulegen. Tirsch treibt gern Sport, er fährt Mountainbike, dazu das wöchentliche Judotraining. Kein Thema. Aber derartige Übertreibungen …

»Tirsch! Kontakt zur Bergwacht und zum Rennleiter herstellen. Hubschrauber anfordern. Vermiss-
tensuche. Auf!«

Tirsch spult die Abläufe ab. Während er noch am
Telefon sitzt, hält ihm die Chefin ein Notizblatt unter
die Nase. Mechanisch liest er vor. Eine Tote, mehrere
Vermisste. Gewaltverbrechen. Gefahr im Verzug. Name
der Zeugin: Lieselotte Zumwinkel.

Tirsch läuft rot an. Der Name ist nicht so häufig.
Und wenn er sich nicht täuscht, war die Frau seine erste
Deutschlehrerin am Gymnasium.

40.

»Vreni?« Kaja starrt entgeistert auf die junge Frau in der roten Bergwachtmontur. Sie hält einen Ast in der Hand.

»Das war knapp, oder?« Vreni blickt Kaja zweifelnd an. »Der wollte dich kaltmachen.«

»Danke«, bringt Kaja heraus. »Wir müssen uns um Bruno kümmern.«

»Bruno?«

Stumm deutet Kaja zwischen die Bäume. Da liegt Bruno im Matsch. Kaja hat keine Ahnung, wie lange dieses grässliche Intermezzo mit Floyd gedauert hat. Ob Bruno überhaupt noch zu helfen ist.

»Um Himmels willen!« Vreni lässt den Ast fallen. »Ich kümmere mich um ihn. Sieh zu, dass du diesen Ganoven hier festsetzt.«

»Ich …«

»Ich hab eine Rettungssanitäter-Ausbildung.« Sie rennt zwischen den Bäumen hindurch zu Bruno. Der riesige Rucksack hüpft auf ihrem Rücken auf und ab.

Kaja überlegt nicht lang. Sie reißt ihre Startnummer ab, zerfetzt sie und bindet mit den Stoffstreifen Floyd die Hände auf den Rücken. Er kommt gerade wieder zu sich. Anschließend zerrt sie die Schnürsenkel ein Stück aus seinen Laufschuhen und fesselt ihm damit die Füße.

Er windet sich, keucht.

»Fuck, ich habe Schmerzen«, beschwert er sich.

Kaja packt das Bandana, das er um den Hals trägt, zieht es ihm über die Augen.

»Scheiße, was soll das!« Er hustet.

»Du wolltest mich umbringen.«

Kaja lässt ihn liegen, ohne auf sein Geschrei zu achten. Soll er ihr so viel Unflätiges wie er will hinterherbrüllen. Sie eilt zu Vreni, die Bruno beatmet.

»Ich übernehme die Herzdruckmassage.«

Sie wechseln sich ab. Im Hintergrund hören sie Floyds Geschrei.

Irgendwann flattern Brunos Lider. Er atmet. Schwach, aber regelmäßig.

Vreni bedeckt ihn mit einer Rettungsdecke. Tippt auf ihrem Handy herum. »Kein Netz, verdammt.«

Sie nimmt ein paar Sachen aus ihrem Rucksack und macht sich an Bruno zu schaffen. Kurz darauf hat sie ihm einen Venenzugang gelegt und die Infusionsflasche, aus der es regelmäßig in den Schlauch tropft, an einen Baum gehängt.

»Das hält ihn hoffentlich aufrecht, bis wir ihn in eine Klinik bringen können.«

»Ich wusste nicht, dass Sanitäter Infusionen legen.«

»Dürfen wir nur in lebensbedrohlichen Situationen, wenn kein Arzt anwesend ist.«

»Er hat mich vergewaltigt«, sagt Kaja tonlos.

»Wie bitte? Dieser Mann?«

»Nicht heute. Vor ein paar Monaten. Auf dem Presseball in München. Hat mir wahrscheinlich was in den Wein getan. K.-o.-Tropfen oder so. Ich konnte mich bis heute überhaupt nicht daran erinnern. Es ist alles immer noch wie im Nebel.«

»Bruno Schlosser?«, flüstert Vreni fassungslos.

»Genau der.«

»Und der andere ist Floyd Brunner, oder?«

Die beiden sehen zurück, dorthin, wo Floyd liegt. Sein Gesicht ist schmerzverzerrt.

»Sein Konkurrent. Der will mit einem neuen Format Brunos Sendeplatz kapern. Angeblich hat er ein Konzept aus dem Genre ›Reported Reality‹ entwickelt.«

»Wir bekamen eine Meldung rein, dass sechs Personen die Kontrollstelle am Hochstätter nicht rechtzeitig passiert haben. Du, Floyd Brunner, Bruno Schlosser, Regine Frey und noch zwei andere. Einer ist kurz darauf am Hochstätter eingesammelt worden. Eine Frau fehlt noch. Und Gine ist …«

»Ich weiß. Sie ist tot.«

»Woher …?«

»Ich habe sie gefunden.« Kaja senkt die Stimme.

Vreni knetet ihre Unterlippe. »Ich habe zu Markus gesagt: Es kann kein Zufall sein, dass von den sechs abgängigen Läufern vier Medienleute sind.«

»Gine hat Bruno erpresst.« Kaja flüstert nur noch. »Sie hat gefilmt, wie er mich …«

»Du meinst, er hat …« Vrenis Augen werden groß und rund.

»Nein, ich denke, es war Floyd. Er behauptet zwar, Gine wollte zurück zum Sender. Zu *Bergsport-TV*. Er stellte es so dar, als wollte sie an Brunos Sendung ran. In Wahrheit war sie wohl hinter *seinem* neuen Sendeformat her, das er so eifersüchtig bewacht.«

Bruno regt sich. Er bewegt die Lippen, murmelt etwas. Kaja beugt sich über ihn. Er ist grau im Gesicht. Wenigstens geht sein Atem regelmäßig. Er sieht sie für einen Moment an, ehe ihn die Kraft verlässt. Seine Lider fallen zu.

»Wird er es schaffen?«, fragt Kaja leise.

Vreni zuckt die Achseln. »Die Kollegen haben mich bei Gine zurückgelassen. Als Wache. Da waren Krähen.« Sie beginnt zu schluchzen.

»Als Wache? Was solltest du denn dort tun?« Kaja kann es nicht glauben.

»Markus würgt mir ständig eins rein. Kommt mit sich selbst nicht klar, dieser Idiot.« Sie schüttelt den Kopf. »Er ist total heiß auf jede Kamera, die sich auf ihn richtet, will sofort seine Nase reinhalten. Aber mit Bruno Schlosser hatte er Probleme. Der hat ihn wohl mal auflaufen lassen. In einer Sendung. Markus ist nicht gut auf ihn zu sprechen.«

Sie schweigen ein paar Augenblicke.

»Hör mal, Vreni: Du hast mehr Energie als ich übrig. Ich bleibe bei den Männern. Sieh zu, dass uns jemand hier abholt. So schnell wie möglich.« Kaja drückt die Hand auf den Bauch. Brunos Energie-Gel rumort darin.

»Dir geht es ziemlich schlecht, oder?«

Kaja winkt ab. »Hast du was zu essen?«

Vreni packt Energieriegel und eine Trinkflasche aus. Außerdem einen Biwaksack, in den Kaja sofort hineinschlüpft.

»Beeil dich, okay?«

Vreni nickt. »Ich habe noch Tape im Rucksack. Besser, ich verschnüre Floyd noch etwas besser, man weiß nie.«

179

Sie ist schon ein paar Schritte gelaufen, als sie sich umdreht:

»Die Sportwelt ist krank, Kaja. Total krank. Ob in den Bergen oder sonst wo.«

41.

Kaja kann die Zeit nicht mehr einschätzen. Kaum sieht sie auf die Uhr, hat sie wieder vergessen, wie spät es ist. Nach 18 Uhr jedenfalls. Der Lauf ist durch, alles vorbei. Selbst wenn sie ein Netz hätte – sie würde bestimmt nicht überprüfen, wer als Erstes ins Ziel eingelaufen ist. Längst sind die Sieger geehrt, im Internet machen die ersten Videos die Runde, und Kaja ist sich sicher, dass irgendwer bereits Gerüchte gestreut hat über vermisste Läufer. Durchgestochen wird immer was, auch von der Bergwacht. Laut Vreni lief die Meldung bei ihnen vor fast drei Stunden ein. Und dann sind auch noch vier davon Medienleute. Genau das richtige Fressen für die Schwarmhysterie.

Der Regen wird heftiger. Kaja kriecht noch tiefer in den Biwaksack. Sie nickt ein.

Stimmen nähern sich. Ihre Lider flattern. Für Momente muss sie sich orientieren. Drei Männer mit schwerer Bergwachtausrüstung kommen den Pfad entlang. Sie erkennt Markus.

»Gott sei Dank, Vreni hat euch gefunden.«

»Vreni? Die sollte doch bei der Leiche bleiben.«

Markus zeigt auf Bruno, den Tropf. »Was ist hier los?«

»Ohne Vreni wären zwei Menschen jetzt tot.« Kaja streift den Biwaksack ab und steht auf. »Bruno Schlosser und ich. Er hatte einen Herzinfarkt. Und Floyd Brunner«, sie zeigt in den Wald, dorthin, wo Floyd liegt. Besser: Wo er vorhin noch lag. Da ist niemand. »Verdammt!«

»Was ist denn?«

»Floyd hat mich angegriffen. Er war drauf und dran, mich mit einem Ast niederzuschlagen. Vreni kam gerade noch rechtzeitig. Und jetzt ist er weg!«

»Weg?«

Kaja hat Mühe, die Situation zu erklären. Floyd ist abgehauen.

»Bist du sicher, dass da jemand war?«

Kaja macht ein paar Schritte zu der Stelle, wo sie Floyd festgesetzt haben.

»Hier, meine Startnummer! Die habe ich in Streifen gerissen. Um ihn zu fesseln.«

»Wo ist die Vreni jetzt?«, fragt ein Mann, ein Hüne mit Vollbart.

»Sie wollte zur Kontrollstelle Hochstätter.«

»Wir kommen von dort. Keine Vreni.«

»Ist doch jetzt egal!« Markus gibt schnelle Anweisungen. Bruno wird auf eine Trage gepackt. Der Tropf ausgewechselt. »Er muss so schnell wie möglich in eine Klinik. Ist bei dir alles in Ordnung?«

»Unterkühlt. Mein Fuß tut weh. Ich kann aber noch gehen. Wie weit ist es?«

»Keine 20 Minuten.«

»Seltsam, wir dachten, dass wir noch vor der Kontrollstelle sind und in diese Richtung weiter müssen.« Sie zeigt in die Richtung, in die Vreni losgelaufen ist.

»Da habt ihr euch ziemlich getäuscht«, sagt der dritte Mann im Team. »Ist verdammt schwierig, sich bei dem Wetter zu orientieren.«

Die Markierung war Mist, denkt Kaja. Sie legt sich den Biwaksack um die Schultern und schnappt sich ihren Laufrucksack. Der Hüne und Markus schleppen die Trage. Kaja folgt mit dem dritten Mann. Sie spürt, dass er sie beinahe furchtsam von der Seite ansieht. Als hielte er sie für übergeschnappt. Eine entkräftete Frau aus dem Wald, die behauptet, einen Mann gefesselt zu haben.

NACH DEM LAUF

42.

Sie haben sie in die Klinik nach Viechtach gebracht. Kaja ist dehydriert, geschwächt, unterkühlt. Der Fuß wird geröntgt. Ein Arzt, der die Bilder ansieht, macht ein sorgenvolles Gesicht. Kaja ist es fast egal. Sie hat abgeschlossen. Sport spielt heute Abend keine Rolle mehr für sie. Womöglich wird er das nie wieder tun. Draußen ist es stockdunkel. Sie bekommt ein paar Infusionen. Soll versuchen, zur Ruhe zu kommen. Sie ist ohnehin viel zu müde, um noch viel zu grübeln.

Als sie erwacht, scheint die Sonne zum Fenster herein. Auf ihrem Nachttischchen steht ein Frühstückstablett. Hungrig macht sie sich über die Sachen her. Als es klopft, erwartet sie eine Krankenschwester. Stattdessen huscht Vreni herein. Ein Bandana um das raspelkurze Haar, ein weißes Shirt und schwarze Cargohosen.

»Servus, Kaja.«

»Hallo, Vreni.«

Sie sehen einander an und lächeln peinlich berührt.

»Woher wusstest du, wo ich bin?«, fragt Kaja.

»Ich habe einfach in der Einsatzzentrale nachgefragt. Bruno muss auch hier in der Klinik sein.«

»Interessiert mich nicht. Ich möchte lieber wissen, wo Floyd ist.«

»Ich habe der Polizei alles zu Protokoll gegeben. Noch am Abend waren ein paar Beamte da. Du bekommst auch noch Besuch von denen.«

Kaja seufzt, sie fühlt sich noch zu schwach für eine Befragung.

»Sie wollten nur wissen, wie das mit Floyd gelaufen ist. Ich habe gesagt, dass er dich angegriffen hat.«

»Man hat ihn nicht gefunden?«

»Bisher nicht.« Vreni schüttelt den Kopf.

Kaja schläft wieder ein. Am Nachmittag wird sie von einem Arzt geweckt, der die Prognose in Sachen Fußknöchel mit ihr durchsprechen will. Was er sagt, klingt nach einem langwierigen Prozess, dessen Ende nicht absehbar ist.

»Es ist eigentlich eine alte Verletzung. Ich hatte einen Unfall.«

Der Arzt sieht sie schweigend an, als denke er darüber nach, wieso jemand mit einem dermaßen kaputten Fuß überhaupt noch auf zwei Beinen läuft. Geschweige denn an einem Ultratrail teilnimmt. Kaja versteht es selbst nicht. Alles, was sie vor dem Arberlauf noch bewegt hat, ist abgehakt. Als hätte es Jutta, das Interview und den drohenden Verlust ihres Arbeitsplatzes nie gegeben.

»Was machen wir jetzt?«, fragt Kaja, der die Stille im Zimmer unangenehm wird.

»Meines Erachtens brauchen Sie einen Chirurgen, der auf Fußgelenke spezialisiert ist. Damit der tätig werden kann, muss der Knöchel erst mal abschwellen. Aber zu allererst ist Ruhe das Mittel der Wahl. Sie haben eine leichte Gehirnerschütterung. Ein paar geprellte Rippen und ein riesiges Hämatom am Becken.«

Kaja bekommt Unterlagen über eine Spezialklinik in Brandenburg. Sie ist müde. Vielleicht haben sie ihr auch ein Beruhigungsmittel in den Tropf getan.

Der Klingelton ihres Handys frisst sich in ihr Bewusstsein. Sie braucht einen Moment, um zu sich zu kommen. Sie tastet nach ihrem Telefon.

»Hallo?«

»Hier ist Jutta. Hallo, Kaja.«

Kaja lässt sich in die Kissen zurücksinken. Es gibt niemanden, der ihr jetzt so gleichgültig ist wie ihre Redakteurin. So absolut und komplett gleichgültig. Sie ist auf diesem Trail beinahe umgekommen. Was auch immer Jutta dazu zu sagen hat, es spielt keine Rolle. Nicht die geringste.

Jutta räuspert sich. »Ich habe gehört, was passiert ist. Es … nun, ich wollte dir gute Besserung wünschen.«

»Du kannst auch gleich die Kündigung aussprechen.«

»Welche Kündigung?«

»Ich bringe dir kein Interview.«

»Vergiss doch dieses verdammte Interview!«

Kaja möchte das Telefon am liebsten fallen lassen. Sie hat nicht die Kraft, Juttas Spielchen mitzuspielen. Wochenlang hat sie ihr Leben auf das Interview mit Almut Behring ausgerichtet. Training, Vorbereitung, Ausrüstung, Planung, Organisation. Hat sie überhaupt noch an etwas anderes gedacht? Und dann die Ernüchterung, nicht die Einzige zu sein, die Almut Fragen stellen darf. Mittlerweile sind bestimmt etliche Berichte von Reportern im Netz, die sich nach dem Zieleinlauf im Skiverleih mit Almut getroffen haben.

»Wie hat Almut Behring abgeschnitten?«

»Sie ist sechste.«

»Was?«

Jutta lacht leise. »Soll es geben.«

Nicht unter den Top 5 – für eine wie Almut muss das einem Desaster gleichkommen.

»Sie hat alle Interviews abgesagt, ist in ihr Wohnmobil gestiegen und weggefahren«, fährt Jutta fort. »Schau dir die Berichte im Netz an.«

»Habe ich nicht vor.«

»Entschuldige. Man hört schlimme Dinge. Du hast ...«

»Ich habe eine Leiche gefunden und wurde beinahe umgebracht.«

»Also«, Jutta räuspert sich wieder, »ich würde dir raten, dir einen Anwalt zu nehmen.«

»Warum das?«

»Weil Floyd Brunner aufgetaucht ist und behauptet, du hättest Regine Frey umgebracht. Außerdem hättest du ihn angegriffen, gefesselt und hilflos liegen lassen. Wenn er sich nicht hätte befreien können ...«

Kaja schnappt nach Luft.

»Ich habe niemanden umgebracht. Das war Floyd. Vielleicht auch Bruno Schlosser, aber ich tippe auf Floyd. Überhaupt, Bruno ...« Sie schluckt. »Hast du gewusst, Jutta, dass Bruno ... hast du es gewusst?«

»Was soll ich gewusst haben?« Juttas Stimme schraubt sich in die Höhe. Sie kreischt fast.

Kaja kann nicht mehr. Das Atmen fällt ihr schwer. Etwas Hartes, Kaltes umklammert ihren Brustkorb. Sie lässt das Handy los und tastet nach dem roten Knopf, der über ihr am Handgriff baumelt. Von weit weg hört sie Juttas aufgeregte Stimme. Eine Krankenschwester stürmt zur Tür herein.

»Ich kriege keine Luft«, flüstert Kaja, bevor sie in eine watteweiche Bewusstlosigkeit sinkt.

43.

Nach dem Kollaps bewahren die Ärzte Kaja fürs erste vor einer polizeilichen Befragung. Ihr Zustand ist zu fragil. Kaja ist ihnen einfach nur dankbar. Sie fühlt sich außerstande, sich erneut mit den Ereignissen während des Ultratrails zu konfrontieren, obwohl ihr klar ist, dass die Schonfrist irgendwann auslaufen wird. Vreni kommt täglich zu Besuch. Sie hat das Pensionszimmer geräumt und Kajas Sachen mitsamt ihrem Auto nach Viechtach gefahren. Die ersten Tage sitzen sie nur im Zimmer, schweigen oder reden über etwas Belangloses. Am vierten Tag schlägt Vreni vor, in die Cafeteria zu gehen. Kaja schleppt sich mithilfe der Krücken zum Fahrstuhl.

Es ist sonnig, sie setzen sich auf die Terrasse.

»Ich habe eine Anwältin kontaktiert«, sagt Vreni, nachdem sie zwei Cappuccinos und zwei Streuselkuchen zum Tisch gebracht hat.

»Du hast was?« Kaja hat gerade angefangen, sich einigermaßen wohl zu fühlen. Die Medikamente halten die Schmerzen im Zaum. Sie trägt endlich wieder ihre eigene Kleidung. Das sommerliche Wetter weckt ihre Lebensgeister. Doch allein das Wort »Anwältin« ist wie ein Schlag.

»Floyd Brunner hat uns angezeigt. Alle beide. Mich, weil ich ihn niedergeschlagen habe. Dich, weil …«

Kaja blinzelt in die Sonne. Blendet alles aus. Die Gespräche der anderen Gäste in der Cafeteria. Vrenis eindringliche Worte. Sie greift nach der Kuchengabel und fängt an zu essen.

»Außerdem wirst du mit der Polizei sprechen müssen. Es ist besser, vorher mit der Anwältin zu reden. Verstehst du das?«

»Unsere Aussagen stehen gegen seine. Wir sind zu zweit.«

»Nicht nur das. Der Polizist, der mich als Zeugin vernommen hat, hat mir gesagt, sie hätten noch vor 18 Uhr am Tag des Ultratrails einen Anruf von einer anderen Läuferin bekommen. Die hat angeblich gesehen, wie Floyd Gine niedergeschlagen hat.«

»Wer soll das sein?« Geradezu gierig hat Kaja das Kuchenstück verschlungen. Sie trinkt den Cappuccino aus.

»Lieselotte Zumwinkel. Sie stammt aus der Gegend. War eine der ältesten Läuferinnen, die sich angemeldet haben. Startnummer 333.«

»Moment mal. 333? Mit der habe ich ein paar Worte gewechselt. Am Abend vor dem Lauf, kurz bevor es brannte.« Kaja stellt die Tasse ab. »Hast du auch darüber was gehört?«

»Nur, dass niemand genau weiß, wer das Lagerfeuer gemacht hat. Irgendwer hat sich da einen beschissenen Scherz erlaubt.« Vreni schiebt Kaja ihr Kuchenstück rüber. »Willst du noch?«

Kaja greift zu.

»Die Anwältin kommt morgen früh hierher«, fährt Vreni fort. »Das Verrückte ist nämlich, dass Floyd anscheinend abgetaucht ist, nachdem er seine Aussage gemacht hat.«

»Dreist, dass er überhaupt bei der Polizei aufgeschlagen ist.«

»Ist er nicht, das ist über einen Anwalt gelaufen.« Vreni betrachtet ihre Hände. »Also, Lieselotte Zumwinkel hat gesehen, wie Floyd Gine niedergeschlagen hat. Außerdem ist noch was Cooles passiert: Gines Handy wurde noch nicht gefunden. Vielleicht hat Floyd es eingesteckt.«

»Darin ist er ein Ass«, murmelt Kaja.

»Und als er an eine Stelle kam, wo es wieder ein Netz gab, hat sich das Handy eingeloggt und automatisch ein Video an Gines Blog übertragen. Darauf ist zu sehen, wie Floyd sie bedrängt. Während des Laufs. Der Clip wird noch analysiert. Die Polizei schätzt, dass es nicht weit von der Stelle war, wo Gine umgebracht wurde.« Vreni schnaubt. »Es gibt Typen, die denken einfach, sie könnten sich alles rausnehmen. Ohne Konsequenzen. Wie Floyd. Und Markus ist auch kein Waisenknabe.«

»Was war das eigentlich für eine Geschichte?« Kaja sieht Vreni neugierig an. »Dass Bruno Schlosser deinen Bergwachtkameraden vor laufender Kamera hat auflaufen lassen?«

»Ach, Markus ist ein Angeber. Er überschätzt sich permanent. Bin gespannt, wie er bei der Bergführerprüfung demnächst abschneidet. Übrigens: Floyds Geschichte, wie er sich verlaufen hat, kann gar nicht stimmen. Er hat nämlich fast zeitgleich mit Gine die Kontrollstelle am Hochstätter passiert. Das ist protokolliert. Er muss sie also erst hinterher mit einem Stein niedergeschlagen haben. Das jedenfalls wird erzählt. Dass ein Stein die Tatwaffe war.«

»Und nach dem Mord ist er einen Umweg gelaufen, um wieder vor dem Kontrollpunkt aufzutauchen, wo ich ihn getroffen habe …« Kaja schwirrt der Kopf. Die Schlinge um Floyd scheint sich zuzuziehen, was bedeutet, dass sie selbst ein paar Schwierigkeiten weniger zu bewältigen hat. Trotzdem wird der Weg nicht einfach werden. Es wird noch sehr lange dauern, ehe sie die grauenvollen Erlebnisse auf dem Trail verkraften wird. Und alles, was davor geschah. Bruno …

»Da ist noch eine andere Sache«, sagt Vreni. »Bruno hat es nicht geschafft. Sein Herz hat einfach nicht mehr mitgemacht. Er ist gestern gestorben.«

44.

»Das ist die letzte Infusion. Danach machen wir Schluss.« Die Krankenschwester lächelt Kaja an. »Wie fühlen Sie sich?«

»Ganz gut«, lügt Kaja. In Wahrheit fühlt sie sich hundsmiserabel. Dass Bruno Schlosser tot ist! Vrenis Nachricht hat die unterschiedlichsten Gefühle in ihr ausgelöst. Sie ist wütend, deprimiert, sie schämt sich. Alles auf einmal. In den stillen, müden Stunden im Krankenhaus hat sie sich vorgestellt, Bruno vor Gericht zu bringen. Um den Missbrauch auf dem Presseball aufzuarbeiten. Und als sei sie ihr eigener Advocatus diaboli, hat sie immer wieder Gegenargumente gefunden: Sie hat keine Beweise. Gine hatte den Film, doch Gine ist tot. Gab es sonst Zeugen? Wusste die Kollegin Bescheid, die sie nach Hause brachte, oder hat sie nur gedacht, Kaja habe zu viel getrunken? Und Jutta? Ihre Chefin weiß, was auf dem Presseball wirklich passiert ist. Kaja ist sich sicher.

»Schlafen Sie gut.« Die Schwester verlässt das Zimmer.

Kaja kuschelt sich unter ihre Decke. Morgen wird sie entlassen. Sie muss sich all diesen Dingen stellen. Zunächst einmal alles aufschreiben. Für sich selbst, damit sie nicht zu schnell zu viel von dem vergisst, was sie in den Stunden am Arber erlebt hat. Und um etwas zu haben, was sie der Anwältin vorlegen kann, die Vreni in Stellung gebracht hat. Ihre größte Angst ist, dass es im Zuge der Untersuchungen unmöglich sein wird, die Vergewaltigung auf dem Presseball außen vor zu lassen.

Sie schlummert ein. Wacht auf. Es ist dunkel draußen. Sie hört, wie die Tür leise ins Schloss gezogen wird. Eine Schwester, die nach ihr sieht?

Sie stellt sich schlafend. Der Infusionsschlauch stört. Sie hofft, dass die Schwester ihn abschraubt. Es sollte doch die letzte Flasche sein, die ...

Sie blinzelt. Die Gestalt, die neben ihrem Bett steht und eine Injektionsspritze bereithält, sieht nicht aus wie eine Schwester. Auch nicht wie ein Pfleger. Ein kräftig gebauter Mann in dunklen Hosen und einem Shirt. Eine Brille. Und wuschelige Haare. Kaja hat das Gefühl, ihr Herz bleibt stehen.

Floyd hebt die Hand und sticht die Nadel in das System. Er drückt auf den Stempel. Irgendetwas in Kaja rastet aus. Sie stemmt sich hoch und schreit. Sie schreit und schreit, keine Wörter, nur klagende, zornige Laute kommen aus ihrem Hals. Sie rast vor Wut. Tritt mit den Füßen nach ihm. Er wirft sich auf sie, versucht, ihr den Mund zuzuhalten. Kaja strampelt. Sie bekommt ihren Arm los und reißt das Pflaster weg, mit dem die Venenkanüle befestigt ist. Zieht daran. Reißt sie heraus. Blut sprudelt über ihre Hand. Floyd liegt noch auf ihr. Sie rammt ihm die Nadel in den Oberschenkel. Er schreit auf, rutscht zur Seite und wirft den Infusionsständer um. Der Lärm ist ohrenbetäubend.

Eine Schwester stürzt ins Zimmer. Macht Licht. Sie erfasst die Situation, drückt auf den Notknopf. Hebt beide Hände in Floyds Richtung:

»Bleiben Sie ruhig. Wir lösen das.«

Erstaunlicherweise hält Floyd, der sich aufgerappelt hat, inne. Seine Augen sind blutunterlaufen. Schweiß rinnt über sein Gesicht.

»Ganz ruhig«, fährt die Schwester fort. »Es wird eine Lösung geben.«

Floyd sieht von der Schwester zu Kaja. Ob er versteht, dass er verloren hat? Kaja rutscht vom Bett, auf die andere Seite. Bringt so viel Abstand zwischen sich und Floyd, wie es nur geht.

Floyd Brunner blickt von einer Frau zur anderen. Rennt mit einem Aufschrei zum Fenster, reißt es auf und springt hinaus.

»Verdammt!«, entfährt es Kaja. Die Schwester rennt zum Fenster. Blaulicht geistert über die Zimmerwände.

»Der hat Nerven. Aus dem ersten Stock zu springen.«

»Sie müssen ihn festnehmen. Sagen Sie es ihnen: Sie müssen ihn festnehmen. Und in der Spritze da, da war irgendwas, das hat er injiziert, ich habe den Katheter rausgerissen.«

Die Schwester packt Kaja bei der Schulter. »Das haben Sie super gemacht. Ich weiß nicht, ob ich diese Geistesgegenwart gehabt hätte. Jetzt verbinden wir Ihre Hand und lassen das Labor prüfen, was in der Spritze war.«

EIN JAHR SPÄTER

45.

Sie sitzen in einem Café hoch über dem Neuenburger See.

»Bist du enttäuscht, dass es nicht Frankreich ist?«, fragt Vreni.

Ihr Haar ist jetzt länger und zu einem pfiffigen Pixie geschnitten. Sie trägt keine Kappe. In den Shorts, den Sandalen und dem pinkfarbenen Shirt wirkt sie zart und energiegeladen zugleich. Kaja muss lächeln.

»Nein, im Gegenteil. Die Schweiz ist ideal für mich. Ich kann auf Deutsch schreiben. Bern ist eine wunderschöne Stadt. Und in meiner Freizeit fahre ich gern Richtung Frankreich. So wie jetzt. Allein wegen des Panoramas. Schau mal: Eiger, Mönch, Jungfrau ...« Sie zeigt zur Alpenkette, die vor ihnen steht wie gemeißelt. Blendend hell heben sich die weißen Gipfel vom blauen Himmel ab.

Vreni lacht. »Ich hätte wetten können, dass du keine Berge mehr sehen kannst.«

Damit liegt Vreni nicht ganz falsch. Die Sache mit dem Fuß ist noch nicht ausgestanden. Die OP ist gut verlaufen, doch Kaja wird noch viel Geduld brauchen, um die Schmerzen zu überwinden. Das sorgt manchmal für Frust. Denn sie bewegt sich einfach gern.

»Eine Wanderung von ein, zwei Stunden ist mittlerweile ganz gut möglich. Ich suche mir Touren, wo ich mit einem Bus oder einer Seilbahn zurückfahren kann. Außerdem habe ich jetzt ein Mountainbike. Und ich gehe viel schwimmen.«

»Willst du die Urteilsbegründung und die ganzen Dokumente von der Anwältin lesen?« Vreni ist erst gestern in Neuchâtel angekommen. Sie haben sich jede in einem anderen Hotel einquartiert. Kaja braucht ihre Einsamkeit und einen Rückzugsort. Die Ereignisse am Arber vor einem Jahr haben sie mehr mitgenommen, als sie zunächst gedacht hat.

Floyd hat ihr Insulin gespritzt, um einen tödlichen hypoglykämischen Schock auszulösen. Er wollte sie umbringen. Bei dem Sprung aus ihrem Krankenzimmer im ersten Stock brach er sich das rechte Wadenbein. Seine Behauptung, Kaja habe Gine getötet, wiederholte er vor Gericht nicht mehr. Kaja ist nicht nach Deutschland zur Verhandlung gefahren. Es genügte ihr, dass ihre Anwältin sie ins Bild setzte.

»Der sitzt jetzt erst mal. Verurteilt wurde er wegen Totschlags. Die Tötungsabsicht konnte ihm nicht nachgewiesen werden.«

»Gine wollte ihn ausbooten, nicht wahr?«

Vreni nickt. »Das ist das Wahrscheinlichste. Stell dir vor, wir würden alle umbringen, die uns schon mal ausbooten wollten.«

»Hätte vielleicht nicht geschadet.« Sie grinsen beide.

»Im Ernst: Ohne die Aussage von Lieselotte Zumwinkel hätte Floyd nicht verurteilt werden können. Sie hat beobachtet, wie Floyd und Gine kurz vor der Abzweigung zum Hochstätter aufeinandertrafen. Floyd hat Gine sofort attackiert. Lieselotte ist nicht fit genug gewesen, um sie einzuholen, aber sie kam dazu, als Floyd mit einem Stein auf Gines Kopf einschlug. Genau an der Stelle, an der sie dann lag.« Vreni trinkt ihren Café au lait aus. »Sie versteckte sich, bis Floyd weg war. Aus Angst. Fand anschließend nicht mehr auf den Trail zurück. Zu dumm, wenn da oben Handyempfang gewesen wäre, wer weiß, wahrscheinlich wäre das alles glimpflicher ausgegangen.«

»Trotzdem ist es verrückt. Einen Menschen zu töten, nur um ihn als Konkurrenten auszuschalten. So angekratzt kann kein Ego sein.«

»Sieht das Gericht anders. Floyd hatte Bedenken, dass Gine ihm vorgezogen wird. Trotz seiner schicken Idee von der ›Reported Reality‹. Womöglich hat ihn der Ultratrail in seiner Wut auf sie noch angestachelt. Er kam gut voran, war stolz auf sich, und dann hat sie ihn sogar überholt. Er fühlte sich provoziert …«

»Was auch immer Floyd für ein Motiv hatte, warum er mich ausschalten wollte …«

»Er dachte, du bist die Einzige, die sich alles richtig zusammenreimt. Er wusste ja anfangs nichts von Lieselottes Aussage.«

Kaja macht eine Handbewegung, mit der sie das leidige Thema beiseite wischen will. Ihre Geduld ist in vielfacher Hinsicht überstrapaziert, wenn es um die Ereignisse rund um den Ultratrail am Arber geht.

»Was hältst du von einem Aperol? Irgendwas Anregendes?«

»Gern.« Vreni winkt dem Kellner. »Wer hat jetzt eigentlich deinen Job bei *Sport&Berg*?«

»Ich weiß es nicht. Habe nicht gegoogelt. Mit Jutta

und den anderen in der Redaktion habe ich keinen Kontakt mehr. Ich brauche den Abstand.«

»Dieses Jahr ist der Ultratrail am Arber ausgefallen. Nächstes Jahr soll es weitergehen.«

»Und? Trainierst du?«

Vreni schüttelt den Kopf. »Ich ziehe weg.«

»Echt?« Nun ist Kaja wirklich überrascht. »Und die Bergwacht?«

»Ich möchte studieren. Medizin. Will endlich weiterkommen im Leben. Weißt du, ich war krank.« Sie deutet auf ihren Kopf. »Deswegen die kurzen Haare letztes Jahr. Ich will nicht darüber sprechen. Damals habe ich mich noch nicht getraut, was Neues anzufangen. Jetzt schon.«

Der Kellner bringt die Aperols. Beide greifen zum Glas.

»Was meinst du, Vreni: Wollen wir uns nächstes Jahr im Sommer wieder hier treffen? Und eventuell wandern gehen? Ein kurzes Stück? Mit Rückfahrt im Bus?«

»Super gern.« Vreni hebt ihr Glas. »Du bist mein Vorbild. Weil du was verändert hast. Was Wichtiges in deinem Leben. Das will ich auch schaffen.«

Kaja spürt ein paar Tränen kitzeln. Sie stoßen an.

»Das wirst du. Ganz bestimmt. Santé, Vreni.«

ENDE

Friederike Schmöe
im Gmeiner-Verlag:

Diese und viele weitere Bücher von Friederike Schmöe finden Sie unter **www.gmeiner-verlag.de**

GMEINER SPANNUNG